Gutes ohne Böses kann es geben; Böses ohne Gutes aber kann es nicht geben.

Thomas von Aquin

JÖRG SPITZER

Ich *war Jack the Ripper*

Herstellung und Verlag: BoD – Books on
Demand, Norderstedt
ISBN: 9783755778127

JÖRG SPITZER

Ich war Jack the Ripper

KURZROMAN

Die meisten und gruseligsten Verbrechen werden von psychisch gesunden Menschen begangen.
Es braucht keine Krankheit, damit das Böse in die Welt kommt.

Adelheid Kästner
österreichische Psychiaterin

https://www.gutzitiert.de/zitat_autor_adelheid_kastner_7277.html

„Großvater!"

Elaine`s zarte, aber dennoch feste Stimme erschrak mich, als ich gerade eingenickt war. „Großvater, bitte mach die Augen auf, schau doch mal was für ein schöner Schmetterling dort auf der Blume sitzt."

Blinzelnd öffnete ich meine Augen um sie sofort wieder zu schließen, denn die Sonne schien an diesem herrlichen Augusttag besonders grell vom wolkenlosen Himmel, so, als wollte sie mich verbrennen. Ein zweites Mal öffnete ich vorsichtig und blinzelnd die Augenlider um mich an das strahlende Sonnenlicht zu gewöhnen.

Elaine stand etwa vier Yard von meinem mit echtem schottischen Highlandleder bezogenen Schaukelstuhl entfernt vor einem großen Blumenbeet mit prächtigen Polyantha-Rosen, die in besonders üppiger und hochgewachsener Form dort standen. Es schien so, als wollten sie mit ihren dicht bewachsenen Stengeln zum Himmel greifen und die von ihnen getragenen herrlich roten Blüten als Geschenk für die Götter darbieten.

„Großvater, was ist denn nun? Kommst Du bitte, sonst fliegt dieser schöne Schmetterling noch weg."

Ich richtete mich langsam auf und sah sofort den Schmetterling, den Elaine meinte. Das Insekt saß seitlich auf einer der mächtigen Rosenblüten und schlug sachte seine zarten Flügel gegeneinander, so, als wolle es einem vermeintlichen Betrachter seine ganze Schönheit und Zartheit zeigen.

Ich erkannte sofort was für ein Schmetterling das war.

„Dies ist ein Tagpfauenauge, Elaine, siehst Du wie braun rot er aussieht und diese bläulich schillernden Flecken auf seinen Flügeln?"

Gerade als ich dies ausgesprochen hatte flog das Tier davon als wollte es andeuten, genug von unseren Betrachtungen zu haben.

„Woher Großvater weißt Du denn was das für ein Schmetterling war?"

Elaine sah mich mit ihren großen, blauen Augen fragend an.

Ich stand langsam von meinem Stuhl auf, nahm meinen Gehstock und ging auf Elaine zu. Die Knie schmerzten höllisch und mein Rücken schien jeden Moment durchbrechen zu wollen. Elaine sah mir meine Schmerzen an und kam mir zur Hilfe in dem sie mir ihre Schulter zum Aufstützen hinhielt.

„Früher, als ich so alt war wie Du, hat mir mein Vater einmal ein altes Buch über Insekten geschenkt. Darin stand auch eine Menge über Schmetterlinge mit Bildern von ihnen und wie sie aussehen. So habe ich mich mal eine Zeitlang damit befasst!"

„Wann war früher, Großvater?"

Das Kind sah mich mit seinen hellblauen wachen Augen neugierig an. Ihr dunkles, lockiges Haar fiel bis auf ihre Schultern und für ihre zehn Jahre war sie schon recht groß.

„Nun mein Kind, dass war 1870, als ich acht Jahre alt war. Ich lebte damals noch in London, zusammen mit meinen Eltern, deinen Urgroßeltern. Leider sind beide schon tot. Du hast sie nicht mehr gekannt. Du warst noch gar nicht geboren als sie starben. Sie waren genauso liebe Eltern wie deine Mum und dein Dad es für dich sind."

Das Kind sah mich eine Weile mit großen fragenden Augen an, kam zu mir und gab mir einen Kuss auf die Wange.

„Warst du traurig, Großvater, als deine Eltern gestorben sind?".

„Ja, dass war ich. Sehr traurig sogar. Es waren gute und liebe Menschen. Sie mußten viel zu früh sterben und nur weil andere schuld waren. Man hätte aufpassen müssen, diese...Straßen damals in London waren schuld. Sie waren schlecht beleuchtet und..."

Ich stockte und spürte wie Trauer mich ergriff.

„Laß uns ins Haus gehen, mein Schatz und etwas trinken. Es ist doch sehr warm jetzt hier draußen."

Das Kind sah mich nachdenklich an, nahm meine Hand und wir gingen langsam die etwas abschüssige Gartenwiese hinauf zum Haus. Ihre kleinen zarten Hände waren ganz feucht und sie drückte meine Hand fest in ihre.

„Großvater, Ich habe dich sehr lieb. Du bist der liebste Opa der Welt. Bestimmt hat es noch keinen besseren gegeben als dich."

„Das ist sehr nett von dir, mein Kind. Ich habe dich auch sehr lieb und Du bist für mich wie ein Goldschatz"

Die Kleine lachte und wir gingen Hand in Hand die paar Treppenstufen zur großen Terrasse des Hauses hinauf.

Hier standen ein Tisch mit mehreren Korbsesseln und ein komfortabler Lehnstuhl, der nur für mich gedacht war.

„Setz dich in deinen Stuhl, Opa, Ich hole uns Gläser und Orangensaft."

Elaine verschwand in das große, mit vielen Fenstern versehene Haus unserer Familie.

Das zweistöckige, im typisch viktorianischen Baustil errichtete Gebäude, erschien an diesem warmen und sonnigen Augusttag vor dem Hintergrund des azurblauen Himmels noch gewaltiger und größer als es ohnehin schon war. Die weiße Farbe des Hauses reflektierte die Sonnenstrahlen um ein vielfaches und man konnte fast blind werden, so grell schien das Haus. Die geräumige überdachte Terrasse und der herrliche weitläufige Garten mit seinen Blumen, Pflanzen und Bäumen gaben dem ganzen Anwesen einen würdevollen und friedlichen Eindruck.

Das Mädchen kam zurück mit zwei Gläsern und einer Karaffe voll mit Orangensaft. Sie setzte sich auf einen Stuhl neben mich und wir tranken zunächst schweigend das Getränk.

„Großvater, wann kommt Mum heim ?"

„Keine Ahnung, Kleines, aber sie wird bald kommen. In der Bibliothek war bestimmt viel zu tun heute."

„Und wann kommt Daddy zurück?"

„In etwa einer Woche. Solange braucht er noch für seine Geschäfte in London."

Meine Beine fingen an zu schmerzen und so legte ich sie auf einen kleinen Hocker und streckte sie aus. Es tat gut, so da zu sitzen und den Blick über die prächtigen Pflanzen und Blumen des Gartens schweifen zu lassen.

„Sag mal Opa, Du hast doch bald Geburtstag, wie alt wirst Du dann?"

Elaine sah mich neugierig an.

„ 72 Jahre, mein Kind, so ein alter Opa bin ich schon. Wenn Du einmal so alt bist wie ich wirst du wahrscheinlich auch Enkelkinder haben und dann kannst Du dich mal an mich erinnern, an deinen alten Großvater. Weißt du mein Kind, Erinnerung kann etwas sehr schönes sein, sie kann aber auch sehr schmerzlich werden und weh tun. Besonders dann wenn ein Mensch in seinem Leben nicht immer...ehrlich und aufrichtig war. Verstehst Du was ich meine?"

Das Mädchen sah mich an und nickte.

„ Ja, ich glaube ich weiß was Du meinst, Grandpa."

Mit einer Geste deutete ich an, dass sie zu mir kommen solle.

„ Ich war nicht immer der, der ich jetzt bin, weißt du mein Kind, ich war auch mal ein kleiner Junge, ein junger Mann, ein älterer Mann und jetzt bin ich dein Großvater. Alle Menschen machen in ihrem Leben eine Entwicklung durch und..."

Ich wollte gerade weiterreden, als vom Gartentor die Stimme meiner Tochter Judith zu hören war.

„Hallo ihr beiden, Ich bin wieder da."

Sie winkte mir und Elaine zu und kam den sanften Hügel hinauf zur Terrasse.

Elaine lief ihr freudestrahlend entgegen und begrüßte ihre Mutter überschwenglich.

„ Na endlich, Mum, ich habe schon die ganze Zeit auf Dich gewartet das du nach Hause kommst. Hattest Du wieder soviel Arbeit in deinem Buchgeschäft ? "

Judith nahm die Kleine auf den Arm, gab ihr liebevoll einen Kuß auf die Stirn.

„Elaine, Liebes. Dort wo ich arbeite, dass ist kein Buchladen, sondern eine Bibliothek, dass ist etwas anderes. Hier werden die meisten Bücher ausgeliehen zum Lesen und nach einigen Wochen wieder zurückgebracht, damit sie von anderen gelesen werden können. In dieser Bibliothek befindet sich das ganze Wissen unserer Zeit in Buchform, damit die Studenten die an der Universität lernen immer auf dem neuesten Stand sind. In einem Buchladen hingegen werden Bücher nur verkauft."

„ Ich weiß doch Mum, Du hast mir das doch schon so oft erklärt."

Das Mädchen sah ihre Mutter mit einem kindlichen und doch neckischen Ausdruck im Gesicht an.

„Hallo Dad, wie geht es Dir? Wie war dein Tag?"

Als Judith auf mich zukam mußte ich wie immer an ihre Mutter denken. Sie sah ihr wie aus dem Gesicht geschnitten aus. Ihre langen dunklen Haare, große grüne Augen und ihre schmale Figur erinnerten mich sehr an Emma.

Emma... Sie war nun schon zwanzig Jahre tot und doch kam es mir so manches Mal vor, als wenn es gestern gewesen wäre..

„ Alles ist gut, mein Kind."

Ich gab Judith einen Kuß auf die Wange.

„Elaine und ich haben uns während deiner Abwesenheit ganz gut beschäftigt. Sie hat etwas über Schmetterlinge gelernt und ich mußte wie immer feststellen, dass ich deine kleine Tochter über alles lieb habe, so wie ich Dich auch lieb habe."

Wir sahen uns an und Judith wußte das ich wieder traurig war. Sie nahm meine Hand in die ihre, hielt sie fest umschlossen und drückte sie behutsam.

„Sie fehlt dir Dad, nicht wahr?"

Ich sah in ihre lieben und offenen Augen und nickte nur.

„Kein Tag vergeh,t an dem ich nicht an sie denken muß. Wir waren nur zwölf Jahre verheiratet und dennoch waren das die schönsten Jahre meines Lebens. Als Du dann geboren wurdest war ich der glücklichste Mann auf dieser Welt. Aber das weißt du ja."

Judith nickte nur stumm.

Es war nun an der Zeit das etwas getan werden sollte. So konnte es nicht weiter gehen. Dieser ganze Dreck und Unrat in dieser verfluchten Stadt; Herrgott nochmal irgendwer mußte doch etwas unternehmen.

„Sir, ist Ihnen nicht wohl"?
Misses Roberts Stimme holte mich aus meinen finsteren Gedanken zurück in die triste Gegenwart. „Doch doch, alles okay. Ich war nur in Gedanken. Die Papiere sind unterschrieben und Sie können sie dann fertig machen und zur Post bringen. Danke, Helen."
„Wird sofort erledigt, Sir, kann ich sonst noch etwas für Sie tun"?
„Nein, danach können Sie Feierabend machen. Sie haben es sich verdient. War kein leichter Tag heute. Die Konferenz am Morgen und anschließend noch die Gesellschafterbesprechung: Machen Sie dann für heute Schluß. Sie haben gute Arbeit geleistet und sind eine hervorragende Sekretärin. Ich danke Ihnen Helen. Einen schönen Abend noch..
 Sie lächelte verschämt und eine leichte Röte legte sich auf ihr junges Gesicht.
„ Danke vielmals, Sir. Auch Ihnen noch einen schönen Abend. Bis morgen, Sir."
Ich stand von meinem Schreibtisch auf, ging zum Fenster und sah durch die dichten Gardinen hinunter auf die Straße. Es war reges Treiben zu beobachten und eine Pferdedroschke nach der anderen fuhr über die holprige Pflastersteinstraße vor dem Firmengebäude.

13

Arbeiter der Firma waren zu sehen wie sie einige Materialien von einem Fuhrwerk in das Gebäude trugen.

Dort arbeiten tüchtige und fleißige Männer für ihre Familien um sie in diesen harten Zeiten durchzubringen; jeder einzelne dieser Männer und auch Frauen haben sich ihren Lohn verdient. Und Dankbarkeit. Dankbarkeit dafür, dass sie jeden Tag zur Arbeit kommen und für Männer wie mich arbeiten. Seit Dad tot ist arbeiten sie noch mehr als sie eigentlich müßten...

Doch schon bald wird damit Schluß sein. Schluß sein mit diesem verständnisvollen und gleichzeitig falschen Gerede. Der Senior und die Herrin sind leider tot. Aber sie waren ja selber schuld an diesem fürchterlichen Unglück vor ein paar Monaten. Die arme und kranke Schwester der Nacht hat die Kutsche nicht gesehen und außerdem war sie sturzbetrunken. Sie konnte nicht dafür!

Das werde ich euch zeigen, wer etwas für was kann.

Ich riß mich aus meinen Gedanken, räumte den Schreibtisch auf und ging noch die Treppe hinunter in den großen Produktionsraum.

„ n´abend Sir, noch im Hause?"

Alfred Browning kam lächelnd auf mich zu und begrüßte mich mit einem Handschlag.

Er war ein Hüne von einem Mann, einen Kopf größer als ich, mit Schultern versehen, so breit wie ein Fabriktor. Ein beängstigender Anblick, aber wer ihn

14

kannte, der wußte das dieser Mann die Gutherzigkeit in Person war. Er hatte schon zu Vater´s Zeiten in der Firma gearbeitet und hatte es bis zum Vorarbeiter gebracht.„Hallo Alfred, schön Sie zu sehen. Wie geht es Ihnen und der Familie?"

Er erzählte mir das seine Frau krank sei aber sich wieder auf dem Weg der Genesung befand, leider jedoch habe sie durch die Krankheit ihre Stellung als Hausmädchen verloren und sei nun arbeitslos. Den vier Kindern aber ginge es gut.

„Sagen Sie ihrer Frau, sie solle die nächsten Tage einmal zu mir kommen. Ich werde sehen was ich für sie tun kann, damit sie wieder in Arbeit kommt."

Browning sah mich fassungslos an und wäre fast in Tränen ausgebrochen. Ich unterbrach die für ihn peinliche und zugleich freudige Situation, in dem ich mich verabschiedete und ihm noch alles Gute wünschte.

Als ich die schweren Schritte des Konstablers in der Bakers Row von weitem vernahm, hatte ich noch mehr als genügend Zeit mir ein geeignetes Versteck zu suchen. Hinter einem großen Bretterzaun, der ein brachliegendes verwildertes kleineres Gelände vor dem Zutritt von Unbefugten schützen sollte, fand nun ich Deckung.

In ein oder zwei Minuten müsste der Polizist an meinem Versteck vorbeischreiten und ohne besonderen Anlass würde er nicht hinter den Zaun blicken. Also musste ich mich tunlichst ruhig verhalten um nicht auf mich aufmerksam zu machen. Wie üblich patrouillierten die Polizisten in halbstündigen Abständen diese erbärmlichen Straßen von Whitechapel und wenn nicht etwas direkt vor ihren Augen geschah, drehten sie nur stur ihre Runden.

Wie ich später aus der Zeitung erfahren sollte, hatte ich an diesem Abend das Vergnügen, Konstabler John Neil, Dienstnummer 97-J, an mir vorbeigehen zu sehen.

Ich lugte durch einen schmalen Spalt im Zaun, in die nur spärlich von einer weiter entfernt stehenden Gaslaterne beleuchtete halbdunkle Straße. Plötzlich vernahm ich in unmittelbarer Nähe zu meinem Standplatz ein leises

rascheln; ich sah zu Boden und erblickte ein Kaninchen, dass vor meinen Füßen saß und zu mir hoch sah. Es fiepste leise. Hatte wohl Hunger, war meine Vermutung. Ich zischte ihm leise zu, dass es verschwinden solle und um dem ganzen Nachdruck zu verleihen, stieß ich es mit meinem Fuß an. Doch nichts geschah. Das Tier blieb sitzen und fing an lauter zu fiepsen.

In diesem Moment hörte ich die näher kommenden Schritte des Konstablers. Nicht das ich jetzt große Angst gehabt hätte, durch die Laute des Kaninchens entdeckt zu werden, doch befand ich, jedes Risiko einer Entdeckung sollte vermieden werden.

Denn wenn der Polyp doch etwas hören sollte bei dieser Totenstille, die in der Baker Street um diese Uhrzeit herrschte, hätte ich doch noch Probleme bekommen können.

Somit packte ich das Tier mit einer schnellen Abwärtsbewegung zu mir hoch und schon bohrte sich mein scharfer, langer Dolch in seinen Kopf. Es fiepste noch nicht einmal mehr und war sofort tot; und kaum als ich den toten Tierkörper zu Boden gelegt hatte, passierte auch schon der Polizist nichts vernehmend mein düsteres Versteck.

Er summte leise einen Shanty vor sich hin, eines von diesen Seemannsliedern, die man allenthalben in den heruntergekommenen Spelunken des Londoner East End hören konnte. Seine Blendlaterne, die er in der Hand hielt, erzeugte ein unwirkliches Schattenspiel, da das Licht durch die kleinen Spalten und Löcher des Zaunes fiel. Ein kurzer Lichtschein traf die gebrochenen, weit aufgerissenen toten Augen des Kaninchens, dass zu meinen Füßen lag und mich anzustarren schien. *Ein paar Sekunden später und Du wärst am Leben geblieben, armes Tier. Ich mußte dich leider töten.*

Der summende Konstabler entfernte sich langsam und bog nach wenigen Metern in die Underwood Street ein. So trat ich hinter dem Zaun hervor und ging langsam, meinen blutverschmierten Dolch an einem Taschen- tuch reinigend, durch die Baker Street in Richtung Buck`s Row.

Aus den dunklen Häusern rechts und links von mir, die nur hin und wieder durch eine schäbige Hauslaterne schwach angeleuchtet wurden, drang kein Ton und niemand war zu sehen.

Meine mit Leder besohlten Schuhe verursachten keinen Laut und mein Schatten verschmolz mit der Dunkelheit.

Dies sollte mir noch oftmals das Leben retten.

Die Buck`s Row war eine kleinere Straße die in unmittelbarer Nähe zu Barbers Pferdeschlachthof lag und den Dunst der Armut, der über allen Straßen im East End lag, hier noch etwas stärker erscheinen ließ.

Das Geröchel der sterbenden Tiere war bis tief in die Nacht hinein zu hören und der stete Geruch von Blut, der in der Luft lag, machte die Gegend hier noch etwas unheimlicher. Manchmal, auch des Nachts, konnte man die Pferdeschlachter in ihren blutigen Schürzen sehen, wenn sie von der Arbeit kamen.

Manch einer der Leute hier machte dann einen großen Bogen um sie.

Mir sollte es recht sein. Eine bessere Gegend für mein Vorhaben konnte es doch nicht geben. Jetzt brauchte ich nur noch etwas Glück.

Aber ich hatte ja Zeit. Es war Wochenende und da war rund um die Uhr fast alles auf den Beinen. Das East End schlief nie. Ich lächelte lautlos.

Ich schlief auch nicht.

So bog ich dann in die Bucks Row ein und sah zu meiner großen Freude und mit wachsender Erregung in einiger Entfernung eine Frau mit schwankendem Gang auf der gegenüberliegenden Straßenseite auf mich zu kommen.

War wohl eine Schwester der Nacht, wie hier in Whitechapel die Huren genannt wurden. Diese widerwärtigen Weiber, die nur Dreck und Krankheit verbreiteten, die für ein paar Pennys ihre oftmals ausgemergelten und kranken Körper für eine schnelle Nummer im Dunkeln anboten. Manches mal taten sie dies auch nur für einen Schnaps oder für ein Bier.

Sie hatte mich noch nicht bemerkt, so dass ich in eine Nische eines der Häuser trat und mit der Dunkelheit verschmolz. Jetzt spürte ich wieder diese unglaubliche Wut in mir, diesen Hass, der aus meinem tiefsten Inneren empor trat um Besitz von meinen Gedanken zu nehmen. *Die Hure schien keine Penne[1] gefunden zu haben oder sie hatte noch nicht das Geld dafür zusammengekratzt, damit sie ihren verlausten Körper zum Schlafen legen konnte. Dieser elende Abschaum, dieser Bodensatz der Menschheit. Aber warte nur noch ein Weilchen, kleine Hure, du wirst bald dem Boden*

---

[1] Penne= volkstümliche Bezeichnung für Obdachlosenheime oder auch Logierhäuser für Mittellose.

noch näher sein, als dir lieb sein sollte.
*I*ch grinste in mich hinein.

Sie war jetzt nur noch wenige Yards[2] von meinem Versteck entfernt und schon hörte ich, wie sie Selbstgespräche führte und vor sich hin jammerte.

„Arme Polly, niemand will dich haben. Wegen zwei Pence, die mir fehlen, muß ich sehen wo ich heute noch schlafen kann. Aber erst einmal muß ich dieses Geld noch herbeischaffen. Käme doch nur ein Kerl vorbei für eine schnelle Nummer. Verdammter Mist!"

„Na, schöne Frau, wohin des Weges, so spät und so alleine?"

Unvermittelt war ich aus meinem Versteck auf die Straße getreten: Die Hure erstarrte fast zur Salzsäule und stieß einen kurzen Angstschrei aus, als sie mich sah.

„Man hast Du mich erschreckt, was stehst denn da im Dunklen rum? Willst mich wohl überfallen, was? Laß es sein, Junge, ich hab kein Geld bei mir und auch sonst nichts, was Dich interessieren könnte. Aber vielleicht willst du ja noch ein bißchen Spaß; für vier Pence sollst Du ihn haben. Na, wie wär`s ? Bist doch ein hübscher Junge, was ich so sehe. Ich heiße übrigens Polly und Du?"

Sie trug ein braunes Kleid, einen schwarzen Hut und derbe, mit Metall beschlagene Stiefel, die beim Gehen einen blechernen Ton erzeugten. Ihre Kleidung war dreckig und schäbig das durch den trüben Schein einer weiter fort stehenden Straßenlaterne noch verstärkt

---

2 Yard = angelsächsisches Längenmaß - 91,44 cm.

wurde. Sie roch nach billigem Schnaps und Bier und ich spürte, wie leichter Ekel in mir aufstieg. Ich sah die Straße entlang und konnte sonst niemanden sehen. Nur die hässlichen, schmutzigen Ziegelsteinbauten waren die einzigen Zeugen dieser nächtlichen Begegnung, und sie sollten es auch bleiben.

Dieser frühe Morgen des 31. August war recht kühl und es hatte noch nicht geregnet.

Eigentlich schade, so dachte ich, wäre doch dieser typische feine Londoner Nieselregen ein höchst willkommener stummer Begleiter und Verbündeter gewesen. Aber es sollte nichts an meinem Vorhaben ändern.

„Wie ich heiße? Oh ja, mein Name ist...“

Und mit diesen Worten schlug ich ihr mit meiner linken Faust blitzschnell mitten ins Gesicht, ergriff mit meiner rechten Hand ihre Kehle und drückte so fest zu wie ich konnte. Sie gab nur ein kurzes, unterdrücktes Röcheln von sich und ich hörte nur ein knirschendes Geräusch, dass von den gebrochenen Zähnen zu stammen schien, die ich ihr mit meinem Fausthieb ins Gesicht ausgeschlagen hatte.

Immer noch keinen Ton von sich gebend, fing sie an zu schwanken, so dass ich mich, sie immer noch festhaltend, mit einer schnellen Bewegung hinter sie brachte. Mit der anderen Hand drückte ich ihr den Mund zu; sie röchelte weiter und versuchte zu spucken. Schon hatte ich meinen schönen langen Dolch in der anderen Hand, setzte ihn an ihre linke Halsseite an und durchtrennte ihr mit zwei tiefen festen

Schnitten die Kehle. Sie gab nur noch wenige leise Töne von sich, zuckte ein paar mal mit dem Kopf hin und her und ihr Blut spritze aus den durchschnittenen Halsschlagadern auf die Straße.

Sie war zu Boden gesunken und gab nur noch leise stöhnende Laute von sich, wobei sie den Kopf hin und her bewegte. Ich zog sie an ihren Haaren ein Stück in die Nische hinein, in der ich mich vorher versteckt hatte und sah mich um. Immer noch nichts zu sehen und zu hören. Die Hure lag nun vor mir auf dem Rücken, gab nur noch ganz leise Geräusche von sich und zuckte nur mit den Beinen und dem Kopf. Doch dann wurden die Bewegungen immer langsamer und langsamer, bis sie schließlich tot war.

Gut, sagte ich zu mir, dass ging ja schneller und reibungsloser als ich dachte. Aber ich war ja noch nicht fertig. Mit ungeheurer Wut raffte ich ihr schäbiges Kleid hoch, mitsamt einem Unterrock: Dann rammte ich ihr einige Male mein Messer in ihren Unterleib und versetzte ihr einige tiefe Schnitte und mit meinem ganzen Hass versehen hoffte ich, dass die Klinge des Dolches an ihrer Rückseite wieder austreten würde.

Mein Messer säuberte ich an ihrem Kleid, ebenso meine blutigen Hände. Durch mein geschicktes Vorgehen hatte meine Kleidung so gut wie kein Blut abbekommen. Aber in dieser heruntergekommenen Gegend wäre dies auf den ersten Blick auch nicht allzu auffallend gewesen. Des öfteren sah man blutverschmierte Leute in dieser Gegend auf der Straße: Prügeleien, Überfälle oder auch Unfälle waren in dieser Gegend an der Tagesordnung. *Dieses ekelerregende East End mit seinem ganzen Schmutz, Dreck und Elend. Ausrotten sollte man diesen Flecken Erde.*

Ich richtete etwas meine Kleidung, zog meinen Jackenkragen hoch, versetzte der toten Hure noch einen Fußtritt in ihre Flanke und verließ, ohne Eile und mit einer so wunderbaren Leichtigkeit fühlend, die Stätte. leichten Fußes, einen Shanty summend, ging ich durch eine schmale enge Seitengasse und einige miteinander eng verbundene Hinterhöfe in Richtung Whitechapel Road. Von dort war es nicht mehr weit bis zu meinem provisorischen Domizil in dieser dreckigen Gegend. Gute fünfzehn Minuten Fußweg. Ich hatte es nicht eilig. So schlenderte ich über die bis dahin nur wenig belebte Whitechapel Road. Als ich von weitem die ersten Trillerpfeifen hörte, wußte ich das sie sie gefunden hatten. Dann konnte es ja losgehen. Der pure Gedanke steigerte mein Glücksgefühl noch mehr.

Ich werde es euch allen heimzahlen.Und stellvertretend dafür müssen halt die Huren dienen. Ich werde euch zeigen zu was ein einzelner Mensch fähig ist. Diesen Hass, diese ungeheure machtvolle Wut in mir, muß sich ihren Weg bahnen. Und sie wird es tun. Heute habe ich damit angefangen. Es war gar nicht so schwer wie ich anfangs gedacht habe. Ich war noch nicht mal nervös. Eine herrliche Ruhe hatte von mir Besitz ergriffen, als ich die Hure zu Fall brachte. Der Rest war ja ein Kinderspiel. Macht euch alle auf etwas gefasst. Dies war erst der Anfang. Eurem Hochmut

wird die panische Angst folgen. Dafür werde ich Sorge
tragen.

Als John Paul an diesem Morgen aus seinem warmen
Bett stieg, ahnte er noch nicht, was ihn bald erwarten
würde. War es nicht schon grausam genug, dass man in
aller Herrgotts- frühe aus dem schönen, warmen Bett
getrieben wurde um den ganzen Tag lang auf dem
verfluchten Großmarkt Gemüse-und Obstkisten zu
stapeln?. Nein und dann mußte man sich abends noch
mit einem zänkischen Weib herumschlagen, der
Ehefrau, die ihn dann auch noch ausschimpfte, wenn er
nach getaner Arbeit ein oder zwei Bierchen im Ten
Bells trinken wollte, dass genau auf dem Weg zur
Arbeit lag.

Glücklicherweise hatte er dafür aber so gut wie nichts
mit seinen beiden Kindern zu tun. Bill und Tom waren
schon dreizehn und vierzehn Jahre alt: Paul
interessierten sie nicht sonderlich.

Fröstelnd und noch halb trunken vor Schlaf wankte er
in die Zimmerecke zu einem kleinen Tisch auf dem
eine Schüssel zum Waschen stand. Seine Frau und die
beiden Jungs lagen neben an im Zimmer. Paul schlief
alleine, weil er so stark schnarchte. Er goß etwas kaltes
Wasser aus einer Kanne in die Schüssel und benetzte
sich das Gesicht. Dies sollte reichen für die
Morgentoilette. Denn für das, was auf ihn wartete,
brauchte er nicht allzu sauber zu sein. Den ganzen Tag
Obst und Gemüsekisten auf dem nahegelegenen
Großmarkt stapeln, sie von den Fuhrwerken abladen
und sich von seinem Chef anschreien zu lassen. Es

widerte ihn förmlich an.

Mürrisch aß er etwas Brot und verließ dann die kärgliche Wohnung in der Baker´s Row. Seine Frau und die beiden Jungs hatten von seinem frühen Aufbruch nichts mitbekommen und schliefen noch. Es war kurz nach drei Uhr Morgens als er das Haus verließ.

Im Treppenflur trat er fast auf den besoffenen Bailey, einem Trunkenbold aus dem Haus, der es wieder einmal nicht bis in seine Wohnung geschafft hatte und nun seinen Rausch auf der Treppe ausschlief.

„Blöder Kerl, versoffenes Schwein", raunzte Paul dem am Boden liegenden Nachbarn zu und hätte ihm am liebsten einen Tritt versetzt. Der gab nur ein kurzes Grunzen als Antwort von sich und schlief weiter.

Es roch muffig und krank im Hausflur und Paul war froh als er die Straße betrat.

Kalte Luft schlug ihm entgegen und er holte erst einmal tief Atem. Dann bohrte er seine Hände in die Hosentaschen und ging tonlos Richtung Bucks Row. Kein Mensch außer ihm war auf der Straße und dennoch beschlich ihn ein Unbehagen.

In dieser verkommenen Gegend mußte man mit allem rechnen. Das Gesindel das sich hier herum trieb war sich für nichts zu schade.

*Schon so mancher ist hier schon für ein paar Pence umgebracht worde*n.

So dachte Paul als er in die Bucks Row einbog um sich zum Großmarkt nach Spitalfields zu begeben.

Schon roch er den typischen Geruch von Barbers Pferdeschlachthaus und befand sich fast auf gleicher Höhe zu diesem, als er im fahlen Licht einer Straßenlaterne aus einigen Yards Entfernung etwas Dunkles liegen sah. *Sieht aus wie eine Pferdedecke oder Plane, vielleicht von einem Fuhrwerk gefallen ohne bemerkt worden zu sein.* Paul freute sich schon; *vielleicht konnte man das Ding noch gebrauchen und für ein paar Pence verkaufen.*

Er steuerte auf die vermeintliche Plane zu als er plötzlich auf der anderen Straßenseite eine dunkle Gestalt wahrnahm. Verdammt, dachte Paul, wenn der Kerl jetzt zuerst da ist, dann war es das mit dem Geschäft.

So aber blieb er erst einmal stehen um zu sehen was der andere machte. Es konnte ja auch wer weiß was für eine Gestalt sein. Irgendeiner von diesem Abschaum aus der Gegend.

Der andere hatte nun auch Paul gesehen und blieb ebenfalls stehen. So beäugten sich die beiden Männer für ein paar Sekunden bis Paul in dem anderen seinen Kumpel George Cross erkannte.

„Ach, du bist es John". erleichtert über das Erkennen des anderen brach Cross das Schweigen.

„Hey Kumpel", entgegnete dieser.

„Dachte schon du wärst ein Abzieher[3], schau mal da was da liegt."

---

[3] **Abzieher** : umgangssprachlich jemand der Betrunkene ausraubt.

Die Männer gingen auf das am Boden liegende Etwas zu und sahen rasch das es eine Frauengestalt war.

„Wahrscheinlich stink besoffen das Weib", stellte Cross eine erste lapidare Diagnose.

„Nein du", entgegnete Paul und sah was los war.

„Die ist tot und zwar mausetot. Hier sieh mal das Blut an ihrem Hals und auf der Straße."

Die Männer verstummten und sahen sich fragend und gleichzeitig ängstlich an. Jeder wußte was der andere dachte. Wenn der Kerl der dies getan hatte noch in der Nähe war und sie beobachtete?

Fast zugleich liefen sie los in Richtung Bakers Row wo sie dann auf Konstabler Neil stießen und von ihrem Fund berichteten.

Als der Polizist eine erste grobe Untersuchung der Leiche vornahm, sah er recht schnell das der Bedauernswerten die Kehle durchge- schnitten worden war und ihr Unterleib zerfetzt wurde. Neil bemerkte das die Tote noch ganz warm war und sie noch nicht lange tot war.

„Bleiben sie hier bis ich Verstärkung geholt habe."

Und mit diesen Worten rannte Neil los und ließ Cross und Paul mit der Leiche zurück.

Mittlerweile hatte sich eine kleine Menschenmenge um die Getötete gebildet und Cross und Paul mußten alle ihre Kräfte aufwenden um die Leiche vor den neugierigen Menschen zu schützen. Einige wollten sie berühren um zu sehen ob sie auch wirklich tot war; andere wiederum wollten den Leichnam von der Straße bringen und sie in einen nahegelegenen

Schuppen legen. Doch Cross und Paul verhinderten dies indem sie sich als Hilfspolizisten ausgaben. Beide waren froh als nach kurzer Zeit mehrere Polizisten den Tatort betraten in Gefolge eines herbeigeholten Polizeiarztes.

„Was für ein Mist."
Sie war gestolpert und hingefallen. Mühsam und umständlich versuchte sie auf die Beine zu kommen was durch ihre unterschiedlichen Kleidungsstücke, die sie anhatte, erschwert wurde. Sie war kurz vor dem Queens Head, einer üblen Spelunke in der Dorset Street, wo sich die Gestrandeten der Nacht, wie die Bewohner vom East End oft genannt wurden, an diesem Freitagabend in dichtem Gedränge ein Stelldichein gaben.
In der Nähe standen ein paar Männer die lauthals hämisch lachten als Annie ins Wanken geraten war und hinfiel.
„Hey meine süße Taube, kannst dich wohl nicht schnell genug hinlegen um etwas zu verdienen, was?"
Ein dickleibiger Mann mit schäbiger Kleidung und einem aufgedunsenen Gesicht trat aus der Gruppe der Männer hervor und baute sich vor die am Boden Liegende auf. Hämisch grinsend sah er auf die Frau herunter und fuhr sich mit seiner Zunge genüßlich über seine Lippen.
„Halt`s Maul, Drecksack. Mich könntest du sowieso nicht bezahlen. Blöder Fettsack."

Annie brachte die Worte mehr zischend als sprechend hervor; tosendes Gelächter war die Antwort der um sie herumstehenden Männer. Ohne weiteres Geplänkel setzte sich die Gruppe dann in Bewegung und verschwand im Dunkel der Nacht.

Annie rappelte sich auf und fasste sich ans Knie. Sie blutete leicht und ein ziehender Schmerz deutete auf die Verletzung hin, die sie sich zugezogen hatte.

Mit einem schon bessere Tage gesehenen beschmutzten Taschentuch, dass sie aus ihrer Jackentasche gekramt hatte, verband sie das Knie notdürftig und betrat dann leicht humpelnd das Queens Head.

An diesem frühen Samstagmorgen kurz nach Mitternacht war die Kneipe fast zum Bersten mit Menschen gefüllt. Eines dieser gerade erfundenen Grammophone spielte dröhnend Musik und die Luft war voll von Stimmengewirr und Tabakqualm. Es roch nach Schweiß und billigem Alkohol, so das Annie leicht übel wurde. Aber das war sie gewohnt.

Es gab noch üblere Spelunken hier in Whitechapel als das Queens Head.

Sie humpelte zielstrebig zum Tresen an dem gerade ein Platz auf einem Barhocker frei geworden war. Ächzend ließ sie sich auf den Hocker sinken und war froh zu sitzen.

„Hey Jack, Liebling, mein Darling, bitte ein Bier für deine liebe Annie. Zahlen werde ich es morgen, kannst dich darauf verlassen, mein Schatz. Bitte."

Der mit Jake angesprochene, ein fast sieben Fuß[4] großer Riese mit ausladenden Schultern und einem furchteinflößenden Gesichtsausdruck sah sie mit kalten, stechenden Augen an. „Ach Annie, Süße. Du hast immer noch vom letzten Mal vier Shilling[5] offen stehen. Bezahle die erst einmal."

Jake sah sie lauernd an.

„Jake, Annie sah ihn mit dem traurigsten Blick an den sie auf Lager hatte, „ Habe heute noch keinen einzigen Pence[6] verdient. Konnte mir noch nichtmals das Geld für `nen Schlafplatz in der Penne besorgen. Keiner von euch Scheißkerlen wollte bis jetzt was von mir, verdammter Dreck."

Damit hörte sie abrupt auf zu reden und starrte nur noch vor sich hin.

Jake bekam Mitleid.

„Okay Annie, aber das ist jetzt wirklich das letzte mal das ich dir einen Drink ausgebe. Und zahl mir demnächst mal was. Ich bekomme sonst selber Ärger mit dem Chef. Du kennst ihn doch auch, den alten Halsabschneider."

Damit stellte er der Angesprochenen mit Wucht ein volles Glas Bier auf den Tresen und wandte sich wieder seiner Arbeit zu.

---

4 Fuß: der *englische Fuß*, beträgt 1 ft = 30,48 cm (12 Zoll)

5 Shilling: engl. Münze-

6 Pence : entspricht etwa dem früheren deutschen
    Pfennig.

6

Gierig griff Annie nach dem Glas und verschüttete es fast als sie zum Trinken ansetzte. Maßlos trank sie das Gebräu und hörte erst auf als das Glas schon fast halbleer war. Dann sah sie sich in der Kneipe um.

Der Pub war voll bis unter das Dach und ein Höllenlärm herrschte vor.

An den Tischen saßen Männer und Frauen, tranken Alkohol, spielten Karten oder redeten lauthals auf sich ein. Manch obszöne Bemerkung hallte durch den Raum und wurde durch schmutziges Lachen erwidert.

Annie fühlte sich jetzt noch unwohler als vorher. Sie zog nervös an einem ihrer fettigen und schmutzigen Haarzöpfe und prompt sah sie ihr Spiegelbild in einem an der gegenüberliegenden Wand hängenden Spiegel.

Ihre zu Zöpfen geflochtenen Haare standen teils wirr vom Kopf ab und ihre durch Alkohol und Krankheit dunkel umrandeten Augen und ihr abgemagertes Gesicht ließen sie nur noch elender fühlen. Trotzdem erwiderte sie jeden Gruß der zahlreichen Menschen die sie bemerkten. Man kannte sich eben.

Plötzlich sah sie ihre alte Freundin Amelia zur Tür herein kommen. Die beiden Frauen waren seit langer Zeit befreundet und es hatte sich schon eine Art schwesterliche Zuneigung im Laufe der Jahre entwickelt.

„Hallo Annie."

Die Freundin kam auf die Angesprochene zu und gab ihr einen herzlichen Kuß auf die blasse Wange.

„Siehst schlecht aus, Mädchen."

Die so Beschriebene sah die andere verzweifelt und hilfesuchend an. „Mir geht es auch nicht gut, Amelia. Kein Geld, keine Penne für die Nacht. Nicht einen müden Cent bis jetzt verdient. Bier mußte ich auch schon wieder anschreiben lassen."

Ein leichter Tränenfilm hatte sich in ihren Augen gebildet und sie schluchzte leise .

„Ich werde nachher noch mal los müssen eine kleine Runde drehen. Vielleicht treffe ich ja noch einen späten Freier."

Sie lächelte bitter bei diesen Worten.

„Sei aber vorsichtig, du weißt ja was mit Polly passiert ist. Da draußen die sind allesamt krank im Kopf."

Amelias besorgte Warnung erreichte ihre Freundin nicht richtig.

„Ja Ja, ich weiß. Mir passiert schon nichts. Wenn einer was will werde ich ihm gehörig eine verpassen. Werde schon acht geben. Aber danke, bist ein Schatz".

Sie trank ihr Glas Bier aus, umarmte zum Abschied ihre Freundin und ging leicht humpelnd hinaus auf die Straße ihrem Schicksal entgegen.

Ich hatte es nicht allzu weit bis zum „Queens-Head" dieser schäbigen Kneipe in der ebenso schäbigen

Dorsett Street, einer dieser größeren Straßen im East End, zu denen sich die Polizei nur in Gruppen hin wagte wenn etwas passiert war; die Polypen mussten selber um ihr Leben fürchten, wenn sie dort allein auftraten. Überfälle, Mord und Totschlag waren an der Tagesordnung. Hier war das Zentrum des Londoner Ostens, wer hier lebte hatte schon alles verloren und existierte nur noch. Von Leben konnte man nicht sprechen. Es ging nur noch um das Überleben von einem Tag zum anderen. Der Abschaum vom menschlichen Abschaum hatte sich dort hin verkrochen und hauste hier wie wilde Tiere. Ich hatte natürlich auch so meine Probleme bis ich mich hier einigermaßen zurecht gefunden hatte, ein Maler auf der Suche nach Motiven. Ich mußte für mich alleine lachen. Oh ja, ein Maler, sozusagen, ein Maler in dessen Kopf ein Bild entstand das er aber ganz anders zur Vollendung bringen sollte als wie man es von einem Maler erwarten würde.

Es war Freitagabend, der 8. September, höchste Zeit also mal wieder auf Hurenfang zu gehen. Immerhin war schon wieder eine Woche seit meinem letzten Späßchen vergangen und ich wollte ja nicht für Langeweile sorgen. Aber erstaunlicherweise gab es viele Berichte in der Zeitung über meine letzte und erste Aktion. Der *East London Observer* hatte mir schon vorher drei andere Morde zugeschrieben, die ich aber nicht begangen hatte. Eine Unverschämtheit, so befand ich und war schon die ganze Zeit am Überlegen was dagegen zu tun wäre.

Vielleicht eine besondere Auffälligkeit während der „Arbeit", eine persönliche Note sozusagen, etwas besonderes, ausgefallenes; oder wie wäre es gar mit einem Namen um mich von diesen anderen Proleten zu unterscheiden. Mir würde dazu schon noch etwas einfallen. Doch erst mal wollte ich jetzt meine Arbeit erledigen.

Mit diesen Gedanken verließ ich meine Wohnung und traf im Hausflur auf die alte Miß Hargrove, einer liebenswerten Dame mit weißen Haaren und einem dickwangigen Gesicht, dass ihr einen gütigen Ausdruck verlieh.

Sie begrüßte mich und fragte ob ich mir noch etwas die Gegend anschauen wollte.

„n`abend Mam",erwiderte ich und blieb vor ihr stehen, „Ja ja, als Maler und Künstler muß man andauernd nach neuen Motiven und Eindrücken Ausschau halten."

Als Maler hatte ich mich vorgestellt beim Anmieten des Zimmers; es war mir nichts besseres eingefallen.

„Oh ja, ich verstehe", antwortete die alte Lady verständnisvoll. „Aber seien sie vorsichtig, die Gegend hier ist gefährlich für einen Mann wie sie es sind, so sympathisch und nett. Seien sie vorsichtig, junger Mann."

Sie sah mich besorgt an und seufzte leise.

„Das werde ich sein, Miß Hargrove. Ich fürchte mich nicht. Schönen Abend noch für Sie, Mam."

„Für sie auch, Sir."

Ich betrat die Straße in der mein Zimmer lag und ging dann in Richtung Dorsett Street die nur wenige Minuten Fußweg entfernt war.

Die Straßen waren wie üblich voller Menschen und so konnte ich unbemerkt in dieses unendliche Meer der Namenlosen und Vergessenen eintauchen.

Es war fast Mitternacht als ich das Queens- Head betrat.

Vor dem Lokal prügelten sich einige Männer, schlugen und traten wie verrückt auf sich ein. *Was für ein Abschaum.*

Die Kneipe war übervoll und höllischer Lärm schlug mir entgegen.

Ich hatte Mühe bis zum Tresen zu gelangen, der fast am anderen Ende des Raumes befand.

Schweißgeruch und Tabakrauch raubten mir fast den Atem und ich verspürte ein leichtes Ekelgefühl.

Ein Klavierspieler in einer Ecke des Lokals hämmerte auf den Tasten herum das man meinen konnte, das alte Mauerwerk der Kneipe würde jeden Moment in sich zusammen fallen.

Mühsam drängte ich mich bis zum Tresen vor und hatte Glück noch einen Stehplatz zu bekommen.

Ich bestellte mir ein Bier und sah mich um.

Alles war hier vertreten. Von nobel gekleideten Herren bis hin zu den Verwahrlosten und Heruntergekommenen dieser Gegend.

Einige Huren waren natürlich auch anwesend und versuchten ein schnelles Geschäft mit den entsprechenden Männern abzuschließen. *Wie ekelhaft.*

Es schauderte mich dies zu sehen.

Das Bier schmeckte schal und war warm. Ich zündete mir eine Zigarette an und dabei fiel mein Blick auf zwei Frauen, die etwas weiter weg am Tresen saßen. Schwestern der Nacht, dachte ich mir; es war unschwer zu erkennen.

Nach dem Mienenspiel der beiden zu urteilen war die eine recht traurig.

Sie unterhielten sich eine Weile und die eine verließ dann nach einer kurzen Verabschiedung das Lokal.

Warum nicht dachte ich mir, trank rasch mein Bier aus, bezahlte und verließ ebenfalls das Lokal.

Die Hure lenkte ihre Schritte in Richtung der Commerciell Street und ich blieb stets einige Yards hinter ihr zurück.

Es hatte angefangen zu regnen und ich mußte immer wieder meine Verfolgung unterbrechen, da die „Schwester der Nacht" hin und wieder vor dem Regen Schutz suchte in irgendwelchen Hauseingängen oder einfach nur in Nischen, so wie es die Ratten taten die selbst am hellichten Tag ungehemmt über die Straßen huschten.

So schlenderten wir dann in Richtung der Hanbury Street. Bis dahin wurde die Hure oftmals von Freiern angesprochen die erpicht auf eine schnelle und billige Nummer waren. Doch anscheinend waren die Typen der Schwester nicht ganz geheuer oder sie wollten zu wenig bezahlen.

Vielleicht sollte ich es mal versuchen.

Ich grinste in mich hinein bei diesem Gedanken.

Obwohl es schon mitten in der Nacht war herrschte noch reger Betrieb auf den Straßen. Auch in der Hanbury Street waren noch zahlreiche Menschen unterwegs. Huren, Korbmacher, Marktträger, Schlachter; alles war vertreten. Ein buntes Durcheinander von Menschen der unterschiedlichsten Gesinnung. Eben Whitechapel. *Eben jenes East End das bezeugen sollte, das Dreck nur weiteren Dreck erzeugt.*

Ich ging etwa drei bis vier Yards hinter der Hure her die auch hier immer mal wieder einen Freier ansprach oder der sie ansprach; ein Geschäft kam aber nicht zu Stande. Zum Glück für mich, denn trotz aller Anonymität und des unerkannt seins wollte ich mich nicht länger als nötig auf den Straßen herumtreiben. Das Risiko wuchs mit jeder Minute und ich hatte kein Interesse mit dem Henker von London eine Bekanntschaft zu machen.

Somit beschleunigte ich meine Schritte und sprach die Hure an.

„n´Abend schöne Frau, so alleine noch unterwegs, um die Uhrzeit und in dieser Gegend?"

Wie von der Tarantel gestochen wirbelte sie herum, stieß einen kurzen Schrei des Erschreckens aus und war sogleich wieder gefasst und ruhig als sie mir in die Augen sah.

„Mann, bist du wahnsinnig mich von hinten so an zu quatschen?" Ich hätte dir mein Messer zwischen die Rippen jagen können."

Damit zeigte sie mir einen kleinen kurzen Dolch den sie wohl in der Hand gehalten hatte.

Sie hatte brünette zu Zöpfen geflochtene Haare, blaue Augen soweit ich das bei dem Zwielicht sehen konnte und war etwa fünf Fuß groß; sie reichte mir gerade bis zur Schulter.

„Verzeihung, hübsche Dame, das ist normalerweise nicht meine Art Frauen anzusprechen. Ich hoffe sie entschuldigen mir dieses plumpe Vorgehen."

Sie musterte mich eindringlich von Kopf bis Fuß, begutachtete meine Kleidung und mein Äußeres und wurde schnell zutraulich.

„ Okay, schon gut. Bist ja ein sehr hübscher Junge und nach deiner Kleidung zu urteilen keiner von diesen Proleten die sonst hier herumlungern. Kommst wohl nicht aus der Gegend, oder? Siehst eher nach Kensington oder Belgravia aus. Suchst wohl was besonderes, mal was schmutziges, wie?"

Ihr Augenaufschlag bei diesen Worten sollte verführerisch und erotisch wirken, erzeugte aber bei mir wieder den gewohnten Ekel, den ich nur schwer verbergen konnte.

„ Na klar, wie wär`s?"

Damit bot ich ihr zum Schein ein ganzes Pfund an, so dass sie fast sprachlos schien. Sie ließ mich wissen das sie Any hieß und ganz in der Nähe in einem der Logierhäuser wohnte.

Sie versprach mir den Himmel auf Erden, eine Nacht die ich nie vergessen würde, einen wunderschönen Traum mit einem ebenso wunderschönen Ende

Am liebsten hätte ich ihr sofort den Hals abgeschnitten bei diesen Worten. Aber die paar Sekunden mußte ich mich noch beherrschen. Wir einigten uns darauf in einen der zahllosen Hinterhöfe zu verschwinden. Vor der Hausnummer 29 schien ein geeigneter Platz zu sein.

Ein schmaler Durchgang durch das Haus führte zu einem kleinen Hinterhof der über ein paar Stufen zu erreichen war.

Die Hoffenster waren alle dunkel und niemand beachtete mich und die Hure als wir uns dorthin begaben. Jetzt mußte es schnell gehen.

Kaum war sie die letzte Stufe zum Hof hinunter gestiegen packte ich sie von hinten an die Kehle und drückte mit aller Kraft zu. Gleichzeitig schlug ich mit meiner anderen Hand vor die Hand mit der ich zudrückte.

Any gab nur ein paar gurgellaute von sich und sank zu meiner Überraschung sofort ohnmächtig zu Boden. Ich zerrte ihren Körperin eine dunkle Nische die nur wenig von einer nahen Gaslaterne beleuchtet wurde.

Zwei Männer die laut am Reden waren gingen nur ein paar Fuß an meinem Versteck vorbei ohne etwas zu bemerken. Auch die Fenster zum Hof waren immer noch dunkel: niemand hatte etwas mitbekommen.

Ich zog meinen indischen Dolch aus der Messerscheide die an meiner Hose befestigt war und schnitt ihr sofort die Kehle durch.

Ich schnitt so tief das ich fast ihren Kopf abgetrennt hätte. Er baumelte hin und her und hing nur noch an ein paar Hautfetzen.

Der Dolch, der aus dem Nachlass meines Vaters stammte, war mit einem speziellen Schliff versehen, der beide Messerseiten sehr scharf machte.

Während ich schnitt spritzte ihr Blut in hohem Bogen aus den aufgetrennten Halsschlagadern vor den Bretterzaun und besudelte ihr Gesicht. Nur meine Hände und Teile der Jacke hatten etwas Blut abbekommen. Das ließ sich schnell kaschieren.

Nunmehr sollte meine Arbeit eine besondere Note erhalten um nicht so leicht in Vergessenheit zu geraten. Ich trennte ihr mit wenigen tiefen Schnitten den gesamten Bauchraum auf, nach dem ich ihren schmutzigen Rock hochgeschoben hatte. Nun zog ich meine Jacke aus unter der ich nur eine ärmellose Weste trug, griff mit beiden Händen in ihren Bauch und holte ihre Gedärme hervor die ich ihr über die rechte Schulter legte. So wie es einst die Freimaurer getan hatten; sollten sich die Polypen darüber den Kopf zerbrechen.

Schließlich riß ich ihr noch ein Stück Fleisch heraus wickelte es in einen Schal den die Hure um ihren Hals geschlungen hatte und steckte es in meine Hosentasche. Wie ich später in der Zeitung erfahren sollte war es wohl ihre Gebärmutter.

Keine zwei Minuten waren vergangen und ich war fertig. Ich fühlte mich wie neugeboren und meine anfängliche Wut und der abgrundtiefe Hass waren einer herrlichen Leichtigkeit und tiefen Zufriedenheit gewichen.

Kurz hielt ich inne um die Situation zu beurteilen. Rings herum war alles ruhig, nur hin und wieder vernahm ich leichtes Stimmengewirr von der Straße.

Ich kramte vier Penny Stücke hervor und legte sie ordentlich aufgereiht neben den Leichnam.

Schließlich sollte die Hure nicht ganz ohne Lohn bleiben.

Dann säuberte ich meine Hände, zog meine Jacke über und ging durch den Hausgang zurück zur Straße. Es war jetzt fünf oder halb sechs Uhr morgens; ich gähnte laut und tat so als wenn ich zur Arbeit gehen würde.

Doch niemand würdigte mich auch nur eines Blickes. Die Leute hatten mit sich selber genug zu tun. Um Fremde kümmerte man sich im East End wenig. Sie interessierten niemanden.

So konnte ich noch im Schutze der Dunkelheit ohne weitere Vorkommnisse mein Zimmer aufsuchen, wusch mich und legte mich schlafen.

Am Sonntagmorgen stand ich erst gegen Mittag auf. Die Sache letzte Nacht hatte mich doch ganz schön angestrengt oder war es doch mehr diese erfrischende Müdigkeit die tief aus dem Geist empor steigt und einem zuflüstert man hätte etwas großartiges geleistet und wird jetzt belohnt dafür. So ganz genau konnte ich es nicht erklären. Aber das sollte für das erste auch reichen. Ich machte mit ein Brot zu essen und brühte mir einen Kaffee auf.

Dann ging ich hinunter auf die Straße und hörte schon von verschiedenen Menschen das wieder ein neuerlicher gräßlicher Mord geschehen sei. Gerade wollte ich mit einem Mann darüber ein Gespräch beginnen, als ein Zeitungsjunge laut schreiend über die Straße lief und mit einer Extraausgabe des East End-Observer die Leute darauf aufmerksam machte.

Sofort kaufte ich mir eine Zeitung und las voller Genugtuung die Einzelheiten.

Grauenvoller Mord in der Hanbury Street-Noch brutaler und schlimmer als der Mord in der Bucks Row. Laut Polizeiarzt war es der selbe Killer.

Dann wurden fast pathetisch die Einzelheiten dargestellt.

Der Mörder hat die Leiche regelrecht zerfetzt. Sie wurde ausgeweidet wie ein Reh nach der Jagd. Der unheimliche Töter müsse von fürchterlicher Bosheit sein, ein gemeines Tier das sich an seine Opfer heranschleiche und sie hinterrücks meuchele. Man hätte am Tatort ein Stück einer Lederschürze gefunden was evtl. auf den Täter hinweise. Vielleicht war es aber auch ein Arzt, denn der Täter müsse über gute anatomische Kenntnisse verfügen und außerdem würde der Ärmsten die Gebärmutter fehlen...

Genüsslich las ich den Bericht und hatte plötzlich einen wunderbaren Einfall. Warum sich nicht mit den Polypen in Verbindung setzen um sozusagen aus erster Hand Informationen zu liefern. Außerdem wollte ich richtigstellen das diese Aktionen von mir waren und nicht von irgend einem anderen. Schließlich sollte meine Arbeit etwas außergewöhnliches, etwas besonderes sein und nicht als das Werk eines zufälligen Proleten erklärt werden.

Also ging ich wieder hoch in mein Zimmer, nahm Feder und einen Bogen Papier und begann zu schreiben.

Scotland Yard sollte nun erfahren mit wem sie es zu tun hatten.

Lieber Boss

mir kommt ständig zu Ohren, die Polizei hätte mich geschnappt, aber sie wird mich jetzt nur nicht erwischen. Ich habe gelacht wenn sie so schlau aussehen und darüber reden, sie wären auf der richtigen Spur. Dieser Witz über "Leather Apron" hat mich richtig zum Lachen gebracht. Ich bin hinter Huren her und ich werde nicht aufhören, sie aufzuschlitzen, bis ich geschnappt werde. Der letzte Job war großartige Arbeit. Ich habe der Dame keine Zeit zum Kreischen gelassen. Wie können sie mich da schnappen? Ich liebe meine Arbeit und will wieder weitermachen. Sie werden bald von mir und meinen komischen Spielchen hören. Ich habe etwas von dem roten Zeug vom letzten Job in einer Ginger Bierflasche aufbewahrt, um damit zu schreiben, aber es wurde dick wie Kleister und ich kann es nicht mehr benutzen. Rote Tinte tut's auch, hoffe ich, ha ha. Beim nächsten Mal schneide ich die Ohren der Dame ab und schicke sie den Polizisten, nur so zum Spaß, das würden sie doch auch tun, oder? Halten Sie diesen Brief zurück, bis ich noch ein bißchen mehr gearbeitet habe, dann geben sie ihn sofort heraus. Mein Messer ist so schön und scharf, ich möchte gleich wieder an die Arbeit gehen, wenn sich die Gelegenheit für mich bietet.
Viel Glück.

Ihr ergebener Jack The Ripper

Natürlich hatte ich kein Blut mitgenommen um damit zu schreiben. Was für ein Blödsinn. Aber sollten die Polypen doch glauben was sie wollten. Wenn schon ein Monster umhergeht dann auch richtig, dachte ich mir.

Und was für ein Name:

Jack the Ripper.

Kann man mehr Unbehagen erzeugen?

Es war ein herrlicher Oktobertag und ich stand am Fenster meines Büros und sah hinaus. Die Bäume zeigten sich in einem bezaubernden Farbenspiel das den Hebst ankündigte. Mal Gelb, mal Rot und dann wieder Grün; eine wunderschöne Komposition der Natur offenbarte sich.

Es klopfte an der Tür.

Helen, meine Sekretärin, kündigte Misses Browning an. Ich hatte sie zu mir bestellen lassen um ihr einen Job in der Firma anzubieten.

Sie war eine zartgliedrige mittelgroße Frau mit dunklen offenen Haaren und einem sympathischen Gesichts-ausdruck.

„Guten Tag, Sir, vielen Dank für ihre Einladung und das sie mir eine Arbeit in ihrer Firma geben wollen."

„Misses Browning, schön sie zu sehen. Nehmen sie doch Platz."

Ich drückte behutsam ihre Hand zur Begrüßung und deutete auf einen Sessel.

„Ihr Mann hat mir von ihren wirtschaftlichen Problemen erzählt und ich hatte ihm zugesichert das ich vielleicht für sie eine Anstellung in meiner Firma hätte. Haben sie etwas gelernt oder was hatten sic bisher an Arbeit?"

Sie erzählte mir mit leicht zittriger Stimme das sie mehrere Anstellungen als einfache Hauswirtschafts-gehilfin gehabt habe und auch schon in einer Porzellanfabrik in Whitechapel gearbeitet hätte. Sie wäre jetzt dankbar für jede Arbeit, egal welche, damit die Kinder und ihr Mann wieder etwas hoffnungsvoller in die Zukunft blicken könnten.

Ich sah sie verständnisvoll an.

„Natürlich, die Zeiten sind hart heute und wer in Lohn und Brot steht kann von Glück reden.

Ich könnte ihnen eine Arbeit in unserer Packstube anbieten. Es ist keine schwere Arbeit und man verdient nicht schlecht. Einverstanden?"

Ich sah wie es in ihren Augen aufblitzte und am liebsten hätte sie mich wohl umarmt und sich tausendmal bedankt.

„Oh Sir, das wäre ja wunderbar."

Sie würden uns damit einen großen Gefallen tun. Ich werde sie nicht enttäuschen. Ich bin eine gute Arbeiterin und zuverlässig".

Tränen standen ihr in den Augen.

Ich erklärte ihr das Helen alles weitere erledigen würde und sie sofort einen Arbeitsvertrag bekäme. Morgen könne sie bereits anfangen wenn es passen würde.

Sie bedankte sich nochmals, drückte zum Abschied meine Hand und sagte

„Sie sind ein guter Mensch, Sir."

Dabei sah sie mich mit einem seltsamen Blick an, den ich nicht richtig zu deuten wußte.

Es war gegen Mitternacht als ich das Ten Bells verließ, eine dieser vielen Spelunken in der Dorsett Street.

Es war ein recht kühler Oktoberabend und ich ging zunächst ziellos durch das East End.

Als ich so durch die Goulston Street schlenderte kam mir plötzlich eine Idee.

Was wenn ich jetzt eine Schwester der Nacht treffen würde? Schon mal eine kleine Mitteilung für die Polypen hinterlassen? Ich hatte mir vorher überlegt das man jetzt mal die Juden verantwortlich machen müsse.

Ich kramte nach einem Stück Kreide in meiner Jackentasche und in einem unbeobachteten Moment huschte ich in eine schmale Seitengasse und schrieb an eine Hauswand, *das man den Juden nicht umsonst die Schuld geben würde.* Vielleicht würde die Polizei darauf reinfallen. Blöde genug waren sie ja, so wie sie sich in den letzten Wochen angestellt hatten. Das East End war zu einem Tollhaus geworden. Bürgerwehren patrouillierten Tag und Nacht, zusätzliche Polizei war ständig unterwegs und jeder verdächtigte jeden der Ripper zu sein. Jeder der eine Lederschürze trug oder aussah wie ein Ausländer war manchmal seines Lebens nicht mehr sicher und beinahe wäre es des öfteren zu bloßer Lynchjustiz gekommen.

Es gab täglich Selbstanzeigen von Leuten die sich als Jack the Ripper ausgaben, oftmals in angetrunkenem Zustand. Andere liefen schreiend über die Straßen, erschreckten die Passanten und bezeichneten sich als den Ripper.

Die Polizei nahm willkürlich Leute fest ohne Beweis, nur wegen ihrem Aussehen.

Ein Chefinspektor Abberline leitete die Ermittlungen gegen mich bei Scotland Yard deren Ergebnisse ich täglich den Zeitungen entnehmen konnte.

Sie hatten nichts, aber rein gar nichts in der Hand, geschweige denn irgend einen konkreten Hinweis. Die vielen anonymen Briefe des angeblichen Rippers die wöchentlich zu hunderten bei der Polizei und den Zeitungen eingingen machten die Sache auch nicht einfacher. Nun, mir sollte das mehr als recht sein und sehr gelegen kommen.

Mal war ich ein Arzt, dann wieder ein Seemann, ein Korbmacher, ein Schlachter...

Täglich kamen neue Ideen dazu.

Mit diesen Gedanken ging ich dann in Richtung der Berner Street, einer kleinen Straße in der überwiegend Schneider und Zigarettenmacher wohnten in primitiven Wellblechhütten. Vielleicht hatte ich dort Gelegenheit mal wieder tätig zu werden. Es hatte angefangen leicht zu regnen und kurz bevor ich in die Berner Street einbog kamen mir auf einem Seitenweg zwei schräg aussehende Typen entgegen. Als sie mich sahen blieben sie stehen und tuschelten miteinander.

Dann kamen sie zielstrebig auf mich zu; ich wußte schon was kommen würde.

„n`Abend, Sir", sprach mich einer der beiden an, ein hagerer Typ mit heiserer Stimme und einem gefährlichen Unterton in der Stimme. Er war schäbig gekleidet und roch nach billigem Fusel und Zigarettenrauch. Sein Kumpan, ein kleiner feister Typ mit einem roten Gesicht, dass man trotz des Zwielichtes sehen konnte, grinste nur dämlich.

„Wie wär´s mit ein paar Penny für zwei arme Schlucker die nichts mehr haben?" Er sah mich fragend und zugleich provozierend an.

„Wie wäre es wenn ich dir und deinem schwachsinnigen Kumpel die Fresse polieren würde? Oder soll ich euch gleich hier an Ort und Stelle kaltmachen?"

Damit hatten sie nicht gerechnet. Sie starrten mich schweigend mit offenen Mündern an und noch ehe einer der beiden reagieren konnte, trat ich dem Wortführer mit voller Wucht zwischen die Beine und drosch seinem Kumpan mit einem kurzen trockenen Fauststoß auf die Nase, die dies mit einem dumpfen Knacken quittierte.

Beide fingen an zu jaulen wie ein paar Straßenköter und wanden sich in ihrem Schmerz. Ich sorgte dafür das der noch zunehmen sollte.

Den Rädelsführer griff ich mit beiden Händen an sein Jackenrevers , zog ihn nach unten und rammte ihm mein Knie ins Gesicht. Er fiel nach hinten wie ein Sack Kohlen und blieb jammernd auf der Erde liegen.

Sein feister Kumpan suchte unterdessen in der Flucht sein Heil. Ich lief ihm noch wenige Schritte nach doch er rannte wie um sein Leben und verschwand in einer der zahllosen Nebengassen.

Einige vorbeigehende Passanten hatten dem Spektakel nur flüchtig zugeschaut. Man kümmerte sich in diesen Gegenden eben nicht um andere Leute oder deren Angelegenheiten.

Ich stellte mich daher breitbeinig über den am Boden Liegenden und zischt ihm zu das ich ihm beim nächsten Mal die Kehle durchschneiden würde falls er und sein Kumpan mir nochmals in die Quere kommen sollten.

Er nickte nur stumm und trollte sich wie ein geprügelter Hund davon.

Ich schnaufte einmal tief durch und bog dann in die Berner Street ein.

Kaum war ich ein paar Meter gegangen sah ich am großen Eingangstor vom Internationalen Arbeiterbildungsverein jemanden stehen.

Eine Dame die vielleicht wartete oder eine Hure die auch in diesen etwas abseits gelegenen Straßen zuhauf herumliefen. Ich ließ mir zunächst nichts anmerken und ging wortlos ohne sie auch nur eines Blickes zu würdigen an der Wartenden vorüber.

Kaum hatte ich sie passiert sprach sie mich an :

" Schönen Abend, Sir."

Ich blieb stehen und erwiderte ihren Gruß. Was ich bei der Dunkelheit sehen konnte war, daß sie etwa vierzig Jahre alt zu sein schien und etwa 1,65 m groß. Ein ausladender Damenfilzhut verdeckte fast ihre dunklen Haare und verlieh ihr einen Ausdruck von billiger Erotik. Sie trug ein dunkles langes Kleid mit einer dunklen langen Jacke darüber und eine kleine Tasche klemmte unter ihrem Arm.

„Zu so später Stunde noch unterwegs, schöne Frau und dazu noch in einer solchen Gegend?"

Ich sah sie zugleich fragend und erstaunt an.

„Tja, was will man machen. Ich bin ganz alleine und mir wurde auf einmal langweilig zu Hause. Da sagte ich zu mir, Liz, sagte ich, geh doch noch mal ein bißchen auf die Straße und mit etwas Glück findest du noch etwas nette Gesellschaft. Und zum Teufel treffe ich dann noch so einen netten und vornehmen Herren wie sie."

Natürlich war sie eine Hure und wartete wahrscheinlich vor dem Vereinsheim auf mögliche Freier während die Herren drinnen ein Lied nach dem anderen zum Besten gaben das man es bis nach draußen hören konnte.

„Ich ahnte natürlich auch nicht das ich noch an diesem kühlen Abend eine so reizende Bekanntschaft mit einer Dame machen würde. Ich bin sehr erfreut, Mam."

„Ich heiße übrigens Liz, so nennen mich jedenfalls meine Freunde. Eigentlich ja Elizabeth aber sie können mich auch Liz nennen."

Ihre plumpe Mache ekelte mich schon jetzt an und ihr Anblick erzeugte Übelkeit.

Ich blickte mich unauffällig um und sah das wir für einem Moment die einzigen Menschen in der kleinen

Berner Street waren.

„Und meine Freunde nennen mich Jack the Ripper."

Sie sah mich kurz wortlos an und verfiel dann in schallendes Gelächter ob des vermeintlichen Witzes.

Mein Dolch denn ich schon seit einiger Zeit unbemerkt in meiner Hand hielt stieß vor und bohrte sich fast geräuschlos in ihren seitlichen Hals. Sie stieß einen kurzen Schrei aus und griff nach dem Dolch der immer noch in ihrem Körper steckte.

Doch es blieb nur bei einem Versuch ihrerseits.

Denn schon hatte ich den Dolch blitzschnell wieder heraus gezogen und stach nochmals rasend schnell zu. Jetzt sank sie zu Boden und wimmerte leise. Ich schlug ihr mit der Faust einige Male vor ihren Kopf bis sie still war.

Wieder sah ich mich um, doch in diesen wenigen Sekunden hatte sich noch niemand in die Berner Street verirrt; ich zog die Hure an ihren Haaren mitsamt Hut von der Straße weg hinter das offenstehende Eingangstor des Vereines. Hier war es fast stockdunkel. Nur ein schwacher Lichtschein vom Fenster des Arbeitervereins ließ wenig Sicht zu.

Sie röchelte noch als ich ihr den Kopf nach hinten riß und mit einem schnellen tiefen Schnitt die Kehle durchtrennte.

Nochmals hielt ich inne und sah mich nach allen Seiten um. Doch alles war nach wie vor ruhig. Wenige Leute gingen vorbei. Ich hörte nur ihre Schritte.

Gerade wollte ich ihren Unterleib mit dem Dolch zerfetzen als ich ein nahendes Pferdefuhrwerk kommen hörte. Es kam rasch näher und bog in die Einfahrt des Arbeitervereines ein. Schon sah ich das Pferd und die Silhouette des Fahrers der auf dem Kutschbock saß. Jetzt hieß es blitzschnell zu reagieren. Ich kroch langsam nach hinten und bewegte mich dann auf allen Vieren an dem Bretterzaun entlang.

Hierher kam kein Lichtstrahl mehr hin so das ich praktisch in völliger Dunkelheit die Flucht antreten konnte.

Einige Yards war ich weiter gekommen als das Pferd des Fuhrwerks anfing zu scheuen und zu wiehern; scheinbar hatte es die Leiche hinter dem Tor wahrgenommen. Ich hörte den Kutscher wie er beschwichtigend auf das Pferd einredete und es zum Stehen brachte.

Wie ein Hund auf vier Pfoten kroch ich den Zaun entlang und hoffte inständig bald eine Lücke zu finden. Denn hinter mir hörte ich einen Aufschrei des Entsetzens gepaart mit den Worten: „Mord. Nein, nicht schon wieder".

Ich drehte mich nicht um sondern kroch um einiges schneller weiter; da erspähte ich zu meiner hellen Freude ein Loch im Zaun, zwei, drei Zaunbretter fehlten hier.

Jetzt war ich vielleicht zwanzig Yards vom Ort des Geschehens entfernt, lugte durch die Öffnung des Zaunes auf die Straße. Einige Menschen rannten zum Eingang des Arbeiterbildungsvereines und schrien laut nach der Polizei.

Jetzt wurde es richtig ernst. Denn die Polypen in diesen Gegenden kamen meist immer nach einer Runde zurück und die dauerte oft nur eine viertel Stunde.

Ich kletterte durch die Zaunöffnung und ging ohne mich wiederum umzudrehen in Richtung der Ellen Street die ich nach kurzer Wegstrecke unbehelligt erreichte. Ich ging zügig, aber nicht überhastet. Dies hätte nur Aufsehen erregt.

So ließ ich die Berner Street hinter mir und lenkte meine Schritte Richtung Houndsditch um von dort aus in die Dorsett Street zu gelangen. Doch da fiel mir mein Brief und mein Versprechen ein das ich der Polizei gegeben hatte: *der nächsten Dame die Ohren abzuschneiden und sie den Polypen vorzulegen.*

Dies Versprechen konnte ich ja nicht aus zwingenden Gründen einlösen. Nicht vorhin, aber vielleicht beim nächsten Mal.

Und warum sollte dieses nächste Mal nicht jetzt, jetzt sofort sein.

Ein tollkühner Plan reifte in mir hoch. Ich war immer ein Mann gewesen dem ein Versprechen etwas bedeutet hat. Und so sollte es auch bleiben.

Der nächste Morgen versprach ein prächtiger Tag zu werden. Schon gegen zehn Uhr hatten wir eine Temperatur von 25 Grad erreicht und die Sonne brannte von einem wolkenlosen, stahlblauen Himmel.

Ich ging mit Elane Hand in Hand die schmale Straße hinunter die von unserem Anwesen in das kleine Dorf führte.

Meine Knie schmerzten wieder, so das ich nicht allzu schnell gehen konnte. Das Mädchen summte ein Kinderlied vor sich hin. Ich hatte meinen Trilby vergessen und merkte nun wie die heißen Sonnenstrahlen mein schütteres weißes Haar durchdrangen und mir warm um den Kopf wurde.

„Dad", der Ruf von Judith war meine Rettung.

„Du hat deinen Hut vergessen. Ohne ist es zu warm in der Sonne. Setz ihn bitte auf."

Sie kam die paar Yards zu uns gelaufen und gab mir den Hut.

„ Danke, mein Schatz. Was würde ich nur ohne dich machen. Ich hätte einen Hitzschlag bekommen können. Ich merke ich bin alt. Leider."

„Du bist nicht alt, Dad. Du bist nur etwas älter geworden. Und du siehst immer noch fantastisch aus für dein Alter. Wenn ich nicht deine Tochter wäre könnte ich mich glatt in dich verlieben. So ein hübscher Opa, nicht wahr Elane?". Das Kind sah uns nur verschmitzt lächelnd an. Judith gab uns beiden noch einen Kuß und ging zurück zum Haus.

Bis zum Dorf waren es etwa Fünfzehn Minuten Fußweg. Unterwegs trafen wir Robert Cummings, den Verwalter des Schlosses, dass weiter außerhalb des Dorfes lag.

„Morgen Sir. Elane."

Er nickte der Kleinen zu und gab mir die Hand, dabei zog er mich etwas zur Seite damit das Kind nicht alles hören konnte.

„Haben sie schon von dem gräßlichen Verbrechen gehört das wohl heute Nacht passiert ist?"

Am Flußufer am anderen Ende des Dorfes wurde die Leiche von Trudy Baker gefunden, sie wissen die Besitzerin des Lebensmittelladens. Der Mörder hat ihr die Kehle durchgeschnitten und fast den Kopf abgetrennt. Joe Harper hat sie heute morgen auf dem Weg zum Feld gefunden. Er steht unter Schock, ist ganz verstört. Grauenvoll und das in unserer Gegend".

Cummings sah mich fassungslos und bestürzt an.

„Oh wie furchtbar", entfuhr es mir, „Das ist ja entsetzlich. Hat die Polizei schon einen Verdächtigen erwischt?"

„Nein. Soviel wie ich weiß bisher noch nicht. Sie suchen sogar mit Hunden die Umgebung ab. Scotland Yard wurde auch schon verständigt. Genau wie vor einem Jahr als in der Grafschaft die kleine Hastings erschlagen aufgefunden wurde. Schon wieder ein Mord. Es erinnert mich etwas an London zu Ripper``s Zeiten. Ich war da noch ein junger Mann. Auch grauenvoll das Ganze damals."

Ich stimmte ihm zu und wir verabschiedeten uns voneinander.

Elane, die die ganze Zeit still gewesen war hatte von unserer Unterhaltung doch etwas mitgehört.

„Ein echter Mord passiert, Opa. Oh wie unheimlich. Dann läuft der Mörder ja hier herum. Und wenn der uns jetzt auch umbringt?"

Sie klammerte sich an meinen Beinen fest und drückte mich ganz stark.

„Keine Angst mein Kind. Uns wird nichts passieren. Ich passe schon auf. Keinem von uns wird etwas geschehen. Aber ich glaube wir gehen besser wieder zurück zum Haus. Deine Ma ist alleine zuhause und das muß jetzt nicht sein. Laß uns zurück gehen."

Von weitem hörte ich dumpf die Trillerpfeifen der Polizei.

Jetzt brauchte ich sehr viel Glück um meinen Plan in die Tat umzusetzen.

Ich ging am Houndsditch vorbei und bog in die Mitre Street ein die zum Mitre Square führte, in dem auf einem großen Platz drei Straßen mündeten bzw. abgingen.

Hier herrschte einiger Betrieb. Leute die aus umliegenden Kneipen nach Hause gingen oder einfach nur Nachtschwärmer kamen mir entgegen.

Der Mitre Square bildete eine Art Abkürzung für Fußgänger und wurde somit gerne und oft benutzt.

So ging ich an Kearly&Tonges Lagerhäuser vorbei als ich sie sah.

Du mußt wahnsinnig sein, sagte ich zu mir selbst. Das ist viel zu gefährlich. Diesmal erwischen sie dich und nächste Woche hängst du am Galgen. Der große Gentlemen der auf Huren herab gekommen ist.

Sofort zwang ich mich zur Vernunft. Dieses lamentieren brachte nichts. Ich wollte das, was ich mir zurecht gelegt hatte, auch in die Tat umsetzen.

Sie stand mit einem dickleibigen, schäbig gekleideten Mann unter einer der wenigen Gaslaternen auf dem Mitre Square und sie lachten und redeten.

Ich kam von vorne auf die beiden zu, zündete mir eine Zigarette an und schlenderte an ihnen vorbei. Sie beachteten mich nicht aber ich sie dafür um so mehr.

Der Kerl mit dem sie wohl verhandelte hatte ein dickes Gesicht mit einem buschigen Schnauzbart und die Stimme eines Eunuchen.

„Wirst schon sehen", sagte der Dicke als ich an ihnen vorbeiging.

„Na dann" , war die kurze Antwort der Frau die eine raue Alkoholstimme hatte.

Sie war um die vierzig Jahre alt, wieder elegant-schäbig gekleidet; eben die primitive Aufmachung einer Whitechapel Hure. Wie sie mich anekelten.

Ich ging ein paar Schritte weiter und hörte wie die beider weiter tuschelten und sich köstlich zu amüsieren schienen. Dann setzte ich mich auf einen Mauervorsprung und tat so als würde ich eine Rauchpause einlegen.

Ein Konstabler kam mit seiner Blendlaterne um eine Hausecke und ging an mir und dem vermeintlichen Pärchen vorbei ohne sich weiter darum zu kümmern. Scheinbar hatte er noch nichts von den Ereignissen in der Berner Street mitbekommen. Hätte der Polyp mich angesprochen so wäre das sein sicherer Tod gewesen. Denn das was ich vor hatte bedurfte keines Zeugen, wer auch immer. Dieser immensen Wut, dieser grenzenlosen Feindseligkeit in mir durfte sich niemand in den Weg stellen. Aber nun wurde es Zeit. Der Fettsack mußte verschwinden; denn in gut fünfzehn Minuten würde der Polyp wieder dieselbe Stelle passieren.

Dann mußte alles gelaufen sein.

Aber wie in meinem gesamten Leben hatte ich auch hier wieder großes Glück.

Der Fettwanst zog sich mit einigen unflätigen Ausdrücken, die er der Hure entgegen schleuderte zurück und ging mit breitbeinigem Schritt und gestikulierenden Armen seines Weges. Sie stand nun mit dem Rücken zu mir und sah dem Dicken nach wobei sie ihn mit ebenso unflätigen Ausdrücken noch eine gute Nacht wünschte.

In diesem Moment trat ich hinter die Hure, packte sie mit der linken Hand ins Genick und schlitzte ihr von rechts die Kehle auf. So schnell das sie noch nicht mal mehr einen Ton von sich geben konnte. Der Dolch fuhr mit einem Geräusch durch ihre Kehle als würde man einen Sack aufschneiden.Niemand war in diesem Moment auf dem Platz und so begann ich ihren Unterleib aufzuschlitzen; ich stach in sie hinein und versetzte ihr Schnitte wie es mir gerade in den Sinn kam. Mit der Klinge des Messers beförderte ich ihre Eingeweide nach außen, so das sie über ihre Schulter fielen. Gerade wollte ich ihr eines ihrer Ohren abschneiden um nun mein Versprechen einzulösen; doch gerade hatte ich einen Schnitt in ihr Ohrläppchen gesetzt als ich die schweren Schritte des Konstablers vernahm. Dieser Mitre Square war ein riesiger Resonanzkörper der jedes noch so kleinste Geräusch verstärkte.

Somit rannte ich einige Stufen des Mitre Square hinunter bis zur Camomile Street und konnte gerade noch mit einem Hechtsprung um eine Hausecke verschwinden als ich auch schon das häßliche laute Trillern der Polizeipfeife hörte und den Ruf „MORD" Ich stand am Fenster meines Büros und starrte hinaus auf die Straße. Es war ein ungemütlicher nass-kalter Tag mit etwas Nebel.

Auf meinem Schreibtisch stapelten sich die Aufträge; die Firma hatte viel zu tun und wir kamen kaum mit der Arbeit nach.

Helen klopfte an der Tür und brachte mir einigen Papiere zur Unterschrift.

Ich setzte mich und begann die Dokumente zu unterzeichnen.

Auf meinem Schreibtisch lag die Nachmittagsausgabe des London Observer mit dem Bericht über das Doppelereignis letzte Nacht.

Helen hatte dies wohl schon gelesen.

„Haben sie das auch gelesen, Sir. Schrecklich nicht wahr? Schon wieder zwei Frauen und das in einer Nacht und in ganz kurzen Abständen. Der Kerl ist einfach nicht zu fassen. Ich gehe abends schon nicht mehr alleine auf die Straße."

Sie deutete auf die Zeitung und ihr Gesicht verriet Angst.

„Ja schreckliche Sache, nicht wahr. Was ist das bloß für ein Mensch der so etwas tut?"

Ich bin der Mensch, fügte ich in Gedanken hinzu und mußte innerlich grinsen.

Ich blickte Helen an.

„Man wird den Kerl schnappen, da bin ich mir sicher. Die Polizei und auch Scotland Yard unternehmen alles

um diese Bestie zu stoppen und ihn seiner gerechten Strafe zu zuführen.
Im übrigen brauchen sie doch keine Angst zu haben; er bringt nur Prostituierte um. Und das East End liegt doch von ihrer Wohnung weit entfernt".
Das beruhigte sie etwas und sie ging wieder ihrer Arbeit nach.

Was schrieben diese Narren für einen Unsinn in der Zeitung. Wieder wurden meine angeblichen anatomischen Kenntnisse erwähnt; gar hatte ich der Dame Miß Eddowes eine Niere entnommen. Was für ein Unsinn. Gar nichts hatte ich.
Allein das sie mich wie einen Hund gehetzt hatten und ich nur wenige Yards Vorsprung hatte, stimmte.
Ständig die Polizeipfeifen im Nacken konnte ich mich nicht so bewegen wie ich wollte. Wäre ich gerannt, wäre das sofort aufgefallen. Also ging ich straffen Schrittes durch viele dunkle Gassen und Hinterhöfe, über Müllhalden und offenstehende Hausflure bis ich die Dorsett Street und somit die Straße erreichte in der mein Zimmer lag.
Die Gazetten hatten geschrieben das ich mir an einem Brunnen in der Dorsett Street das Blut von den Händen gewaschen habe um dann endgültig im Dunkeln zu verschwinden. Blödsinn. Wer auch immer sich die Hände dort gewaschen hatte: ich war es nicht gewesen, sollten sie glauben was sie wollten. Allerdings las ich mir mal immer wieder vereinzelte Totenschauprotokolle durch, die in irgendwelchen

schmierigen Tageszeitungen des East-End schon einmal gedruckt wurden.

Das Opfer wies eine Vielzahl kompliziertester Verletzungen auf, die bis ins kleinste Detail beschrieben wurden. Es folgt eine Auflistung der gröbsten und schwerwiegendsten Verstümmelungen. Die Gedärme waren weit herausgerissen, über der rechten Schulter platziert und mit einer kotartigen Masse beschmiert. Zwischen dem Körper und dem linken Arm war ein Stück Eingeweide von etwa 60 Zentimetern Größe abgelegt worden. Das rechte Ohr wurde schräg durchschnitten.

Auf den Pflastersteinen um die Leiche befand sich eine enorme Menge geronnenen Blutes. Der Hals wurde mit einem circa 18 Zentimeter langem Schnitt durchtrennt.

Das Gesicht war extrem verstümmelt. Vom Nasenrücken bis zum rechten Kieferknochen befand sich ein tiefer Einschnitt. Dieser Schnitt zertrennte das komplette Gewebe bis runter auf den Knochen. Beide Augenlider waren zerschnitten worden. Es war beinahe die komplette Nasenspitze abgetrennt, was aber auch an der Syphilis gelegen haben könnte.

Der Unterleib wurde mit einem aufwärts geführten Schnitt von den Rippen bis zum Schambein offen gelegt. Die linke Niere wurde mit größter Vorsicht herausgetrennt und mitgenommen. Die Gebärmutter wurde horizontal durchtrennt und ein Teil davon entfernt.

Entweder hatten diese Idioten von Journalisten da etwas falsch verstanden oder einfach nur vor lauter Sensationsgier etwas veröffentlicht.

Ich seufzte einmal tief, lehnte mich in meinem Stuhl zurück, zündete mir eine Zigarette an und erledigte dann meine Arbeit mit einem summen auf den Lippen.

Ich ging mit Elaine zurück zum Haus.

Judith war recht verdutzt als sie uns beide wieder vor der Türe stehen sah.

Ich schilderte ihr kurz was geschehen war und ich es für besser gehalten hatte, wieder zurück zu kommen.

So verbrachten wir den Vormittag im Garten und sprachen nur über den Mord.

„Wer tut so etwas schreckliches, Dad. Keinem Menschen sollte so etwas böses widerfahren. Wer nimmt sich das Recht heraus, so über einen anderen Menschen zu urteilen?"

Judith war richtig erbost und sah mich fragend an.

„Ich weiß es nicht mein Kind. Irgend jemand hatte vielleicht großen Zorn oder Hass auf Trudy.

Vielleicht war es ja auch nur ein Zufall, dass es sie getroffen hat. Wer weiß schon was in so einem mörderischen Gehirn vor sich geht?"

Ich wollte das Thema endlich beenden und nicht mehr darüber reden. So drehte ich mich um und ging ein paar Schritte durch den Garten.

Judith war scheinbar nicht damit einverstanden und hatte meine Ablehnung gespürt.

„Dad, was ist denn los mit dir? Hier geschieht ein so furchtbares Verbrechen und du willst nicht weiter darüber reden?"

Sie sah mich fast schon fassungslos an .

„Ach Kind," versuchte ich einen Einwand, „was sollen wir denn noch reden. Warten wir ab was die Polizei herausfindet. Dann werden wir ja weiter sehen."

„Der Kerl wird so oder so hängen wenn sie ihn kriegen. Vielleicht hat er Glück und landet in der Nervenheilanstalt.. Aber dann muß er schon ziemlich krank sein."

„Nervenheilanstalt, was ist das?"

Elane war hinzu gekommen.

„In einer Nervenheilanstalt werden Menschen behandelt die nicht mehr ganz klar im Kopf sind. Man sagt auch Geisteskranke dazu oder Wahnsinnige."

Das Kind verstand mich und nickte.

„Kann da jeder hinkommen, Grandpa?".

„Natürlich mein Mädchen. Wir alle können im Kopf krank werden und dann wissen wir manchmal nicht immer was wir tun oder getan haben. Das kann jeden Menschen treffen. Dich, mich und Mum, und auch deinen Dad. Einfach jeden."

Elane sah mich mit ihren großen Augen an.

„Aber wenn jemand krank ist in seinem Kopf, dann kann er doch nichts dafür."

„ Das ist richtig, mein Kind."

Ich zog sie zu mir heran und sah ihr fest in die Augen.

„Es gibt aber auch Menschen die krank sind und trotzdem wissen was sie tun. Dies ist aber zu schwierig, dir das zu erklären. Dazu bist du noch zu jung."

Das Kind nickte stumm und setzte sich auf einen Stuhl.

„Hör mal, Grandpa. Neulich in der Schule hat Bobby Hastings erzählt das vor vielen Jahren einmal ein Mörder in London viele Frauen ermordet hat. Er wurde Jack... Jack the...Jack the Ripper genannt. Bobby hat gesagt das er nie erwischt worden ist von der Polizei. „War der auch krank?"

Ich erstarrte. Es war so als hätte mich ein Dampfhammer mit voller Wucht vor den Kopf getroffen. Mir wurde schwindelig und mein Herz pochte wie wild.

Judith sah das etwas nicht stimmte.

„Dad, ist dir nicht wohl. Du bist ja kreidebleich im Gesicht und zitterst."

Ich riß mich zusammen.

„Nein, schon gut. Das sind die Herzpillen die mir der Arzt verschrieben hat. Manchmal wird mir unwohl von denen. Ich leg mich lieber was hin. Entschuldigt mich."

Ich stand mit zittrigen Knien auf und ging in mein Zimmer. Judith begleitete mich.

„Soll ich Doktor Myers rufen, Dad?".Sie machte sich Sorgen um mich.

„Nein, mein Kind. Das geht schon. Habe das schon des öfteren gehabt. In ein paar Minuten geht es mir schon wieder besser. Ich muß mich nur etwas hinlegen und Ruhe halten".

Was ist los, alter Junge? Fängst beim Namen von Jack the Ripper an zu kränkeln. Reiß dich zusammen. Du weißt es die letzten 47 Jahre. Also, was soll es?

Du hattest dich entschieden und es getan. Es gibt nichts zu bereuen. Diesen Dreck den du beseitigt hast wurde nie vermisst. Es ist nicht schade drum gewesen. Schade war es nur um Vater, Mutter und...

Erschöpft fiel ich in einen schweren tiefen Schlaf.

Es hatte schon fast den ganzen Tag geregnet und es schien nicht aufhören zu wollen.

Ganz London schien auf den Beinen zu sein.

Zum einen war heute der Geburtstag des Prinzen von Wales, der Sohn der Königin Victoria.

Zum anderen wurde die Lord Mayors Show gefeiert mit einem entsprechenden Festzug am Embankment der Themse entlang um die Wiederwahl des Bürgermeisters der City of London zu feiern.

So las ich begierig diese Nachrichten in der Sun, verbunden mit der Hoffnung, dass Heute an diesem Novemberfreitag noch mehr los sein würde in meinem geliebten East End.

Denn in den letzten Wochen hatte ich nicht mehr viel von mir hören lassen.

Ein paar Briefe an die Polizei, einige Postkarten an verschiedene Zeitungen um die Erinnerung an mich wach zu halten.

Doch darum hätte ich mich gar nicht kümmern brauchen. Wie ich den Zeitungen entnahm, gingen täglich zahllose Briefe bei den entsprechenden Stellen ein, die alle von mir stammen sollten.

Was waren das nur für ausgemachte Spinner, die sich anmaßten, mit meinem Namen etwas erklären zu wollen?

Sollten sie! Armselige Kreaturen, die sonst nichts in ihrem verpfuschten Leben zu Stande gebracht hatten.

Die Zeitungen überschlugen sich nach meinem letzten Werk mit Überlegungen nach dem wahren Grund meines Tuns.

Jetzt sollte ich gar eine Art irregeleiteter Sozialreformer sein, der auf die ungeheuerlichen Mißstände in Whitechapel aufmerksam machen wollte. Als ich dies las brach ich in schallendes Gelächter aus über diesen guten Witz. Welcher Trottel sich dies auch immer ausgedacht hatte: Sinn für Humor war bei ihm zweifelsohne vorhanden. Ich sollte wohl einmal so vorgehen, dass allen, aber restlos allen der Humor ein für alle mal vergehen müßte.

Das was in den letzten Wochen geschehen ist, sollte nur die Ouvertüre für ein viel größeres Ereignis darstellen.

Ich wurde aus meinen Gedanken gerissen da es an der Tür geklopft hatte.

Helen trat ein und übergab mir ein paar Bilanzabschlüsse zur Unterschrift.

„Die Unterlagen für die Buchhaltung, Sir. Ich sollte sie ihnen vorlegen, wenn ich damit fertig bin."

„Oh ja, Helen. Vielen Dank. Was würde ich nur ohne sie tun?"

„Ich werde heute etwas früher Feierabend machen. Wenn sie soweit fertig sind können sie auch Schluß machen. Wollen sie vielleicht zur Lord Mayor`s Show?"

„Nein Sir. Ich habe immer noch etwas Angst alleine draußen herum zu laufen. Man hat diesen fürchterlichen Kerl, diesen Jack the Ripper, immer noch nicht gefaßt. Und zu was der fähig ist, haben wir ja vor einigen Wochen erlebt. Diese armen beiden Frauen. Zwei in einer Nacht und in ganz kurzen

Abständen. Das kann doch nur ein Wahnsinniger sein. Oder was meinen sie, Sir?"

Ich stand auf, ging um meinen großen Schreibtisch herum auf sie zu und blieb kurz vor ihr stehen.

„Was würden sie sagen, wenn ich der Ripper wäre?"

Sie erschrak für den Bruchteil einer Sekunde. Doch dann fing sie an zu schmunzeln.

„Sie sind nicht der Ripper. Undenkbar Sir. So ein vornehmer und gebildeter Herr wie sie: Nein, dass würde ihnen niemand abkaufen. So herzlich und freundlich wie sie mit ihren Angestellten umgehen. Sie sind der beste Chef, den man sich nur wünschen kann. Und das ist ernst gemeint."

„Vielen Dank für die Blumen, liebe Helen. Aber denken auch sie daran: man kann einem Menschen nicht in den Kopf sehen. Und jemanden nur nach seinem Äußeren oder seinem Verhalten zu beurteilen, auch dies könnte gefährlich werden."

„Wie sie meinen Sir. Trotzdem sind sie nicht Jack the Ripper; nein Sir, das sind sie nicht.."

„Ich wünsche ihnen noch einen guten Abend und ein schönes Wochenende."

Damit drehte sie sich lächelnd um und verließ das Büro.

Armes Ding, dachte ich mir. Wenn du nur wüßtest!

Sie hockte jetzt schon den ganzen Abend im Ten Bells und hatte mittlerweile die Hoffnung auf einen neuen Freier aufgegeben.

Diese armseligen versoffenen Proleten hier; versaufen ihr ganzes schönes Geld statt mal eine flotte Nummer mit mir zu schieben. Ich bin doch eine verdammt Hübsche.

Mein schönes Gesicht, meine großen blauen Augen und die Haare die bis zum Hintern reichen, müßten doch jeden Kerl verrückt machen.

Sie nahm einen kräftigen Schluck Bier aus ihrem Glas und zog genüßlich an einer stinkenden Zigarre, die ihr O´Brien, ein irischer Landsmann der auch aus Limmerick stammte wie sie, geschenkt hatte.

Verdammt ich brauch noch etwas Geld. Morgen kommt Bowyer, dieser Halsabschneider und *kassiert die Miete.*

„Hey Mary, wie geht's, alles im Lot?"

Marina Robson setzte sich an den Tisch und begutachtete ihre alte Freundin.

„Siehst ja verdammt hübsch heute aus; wenn ich ein Kerl wäre. Na du weißt schon."

Sie grinste anzüglich und bestellte sich ein Glas Bier.

Mary ächzte. „Ach Marina, Liebes, du weißt doch wie es bei mir aussieht. Kann ja nur froh sein das ich überhaupt eine Bleibe habe, im Gegensatz zu den anderen. Wenn`s auch nur ein stinkendes Rattenloch mit einem Zimmer ist. Aber immerhin steht mein eigenes Bett darin so dass ich nicht in einer von diesen verkommenen Pennen schlafen muß.

71

„Ich hatte mir das auch alles anders vorgestellt, damals als ich aus Irland hier her kam."

Marina sah sie mit leicht glasigen Augen an und nickte ihrer Freundin verständnisvoll zu.

„Ich weiß doch, Süße. Du hattest auch viel Pech mit den Scheißtypen. Genau wie ich. Kein Glück. Und jetzt geht noch dieser Drecksack von Jack the Ripper um; diese Mißgeburt. Dem würde ich seine Fresse einhauen."

Sie schwang die Faust zur Bekräftigung ihrer Worte und machte ein finsteres Gesicht dazu, dass ihr vom Alkohol aufgedunsenes Antlitz noch furchteinflößender aussehen ließ.

Hin und wieder kam ein besoffener Kerl an ihren Tisch und machte den beiden Frauen obszöne Anspielungen.

Einmal versetzte Mary einem dieser Typen aus dem Sitzen heraus einen gezielten Fußtritt in den Unterleib worauf dieser vor Schmerzen jaulend und fluchend das Ten Bells verließ.

Die anderen Gäste die dies mitbekommen hatten klatschten unverhohlen unter lautem Gegröle Beifall.

Mary sonnte sich daraufhin im Ruhme und verspürte große Genugtuung.

Das war dann auch schon der erste und letzte Höhepunkt an diesem Abend.

Den Rest der Zeit saßen die beiden Frauen da und starrten sich nur gegenseitig an.

Nach einer Weile stand Marina auf, verabschiedete sich überschwenglich von ihrer Freundin und gab ihr den guten Rat mit auf den Weg, vorsichtig zu sein und die dunklen Gassen zu meiden. Falls sie noch einem Freier begegnen würde solle sie ihn sich ganz genau ansehen.

Besonders die Augen. Marina war der festen Überzeugung das man an den Augen einen bösen Menschen erkennen könne.

„Aber nicht immer, Schatz."

Mary erhob Einspruch gegen diese ihrer Meinung nach allzu simple Erkenntnis.

„Also mein Cousin Thomas, der Sohn der Schwester meines Vaters aus Limmerick, hatte ganz dunkelbraune, fast schwarze Augen und wenn er dich ansah konnte man meinen, der Leibhaftige würde dich ansehen.

Und was war? Er war der netteste und hilfsbereiteste Junge aus der Nachbarschaft. Er war sehr fleißig und half immer jedem. Habe nur gute Erinnerungen an ihn."

Marina war trotzdem immer noch anderer Meinung und bekräftigte ihre vorher gemachte Aussage wiederum mit geballter Faust.

Mary saß noch eine Zeitlang alleine im Ten Bells.

Dann wurde es ihr zu langweilig.

Sie zahlte und trat hinaus in die kühle, nasse Nacht.

Draußen vor dem Lokal war eine Menge los.

Betrunkene balgten herum, andere tanzten auf dem Bürgersteig nach der Musik die aus dem Piano im Lokal dumpf nach außen drang.

Mary zog den Kragen ihres dünnen Jäckchens hoch da ihr kalt war. Gerade wollte sie in Richtung ihrer

Unterkunft gehen, als sie von hinten feste an die Schulter gepackt und herum gerissen wurde.

„Verdammte Schlampe, meinst du ich würde dich so einfach gehen lassen? Werde dir jetzt dein hübsches Gesicht zerschneiden."

Vor ihr stand der Kerl dem sie eben noch den Tritt versetzt hatte.

Es war ein übel aussehender Bursche mit einem narbigen Gesicht, stechenden Augen und einem dichten Schnauzbart; und er fuchtelte mit einem kurzen Messer vor Mary´s Nase herum.

„Verzieh dich, blöder Schwachkopf oder du bekommst jetzt augenblicklich meinen schönen Gummiknüppel zu schmecken. Werde ihn dir in dein dreckiges Maul stopfen so das er dir aus dem Hintern wieder heraus kommt, Junge."

Ein Konstabler hatte die Situation zufällig erkannt und stellte sich breitbeinig zwischen die beiden.

„Hau ab, du Idiot."

Das ließ sich der Angesprochene nicht noch einmal sagen und ging unter leichtem Fluchen davon.

Mary sah den Polizisten lächelnd an. Sie kannte ihn gut.

„Danke Mike. Du bist der Beste und ein richtiger Freund. Aber mit dem Typen wäre ich auch noch fertig geworden."

„Mary Jane Kelly", der Konstabler sah seine Bekannte fürsorglich, fast väterlich an.

„Du mußt vorsichtig sein. Du weißt doch selber das mit solchen Typen nicht zu spaßen ist. Und du weißt auch was im Viertel sonst noch los ist.Ich werde dich jetzt nach Hause bringen. Bis vor deine Tür."

„Und dann ist für heute Feierabend, schöne Frau. Verstanden?"

„Aber ich muß doch noch..."

„Du mußt gar nichts mehr. Ende der Vorstellung, Mary Jane."

Mit einem Seufzer beugte sich Mary den bestimmenden Worten des Polizisten und fügte sich zunächst.

Später, so dachte sie, kann ich ja trotzdem noch mal raus und schauen ob heute noch was geht.

So schlenderte das ungleiche Paar im schaukelnden Licht der Blendlaterne des Konstablers über die von Menschen übersäte Dorsett Street in Richtung Millers Court, einer kleinen Seitengasse, in der Mary Jane´s bescheidene Unterkunft lag.

Vor dem Eingang zum Miller´s Court stand an einer Ecke eine dunkel gekleidete Gestalt die unentwegt in die Gasse starrte.

Konstabler Mike sprach ihn an.

„N´abend Kumpel, was gibt es zu schauen? Jack the Ripper?"

Der Angesprochene erschrak etwas als er die beiden sah.

„Ja Sir, halte ein bißchen die Augen auf. Man kann ja nie wissen. Hallo Mary. Heute in Polizeigeleit unterwegs?"

Mary kannte den Mann. Es war Hutchinson der ein paar Häuser weiter wohnte.

„Hallo George, ja, das ist Mike. Er ist in Ordnung. Kommt auch aus dem East End. Toller Junge."

„Nun dann, Mister Hutchinson. Halten sie mal die Augen offen. Vielleicht schnappen sie ja heute noch den Ripper. Die stattliche Belohnung die auf ihn ausgesetzt ist, können sie bestimmt gut gebrauchen. Also, viel Glück."

Hutchinson murrte noch etwas unverständliches und trollte sich dann aber.

Vor Nummer dreizehn gab Mike seiner Bekannten nochmals gut gemeinte Ratschläge und wartete bis sie das Zimmer im Erdgeschoß betreten hatte.

Er ging zurück zur Dorsett Street und drehte wieder seine angestammte Runde.

Als ich nach Hause fuhr war es schon nach zehn Uhr. Es regnete so das ich mit dem Einspänner auf dem glatten Kopfsteinpflaster der Straßen nicht schnell fahren konnte.

Heute Nacht wollte ich nochmals los; es war eine gute Nacht und die letzten Ereignisse lagen schon Wochen zurück. Langsam bekam ich Angst in Vergessenheit geraten zu können, obwohl die Zeitungen immer noch täglich das eine oder andere über mich berichteten.

Deshalb wollte ich heute wieder auf mich aufmerksam machen.

Ich hatte mich entschieden, meine Arbeit nun von zu Hause aus fort zu setzen. Mein Zimmer im East End hatte ich vor einiger Zeit gekündigt. Es wurde immer riskanter da die Polypen jetzt auch anfingen, Wohnungen zu durchsuchen und Personen zu registrieren.

Von meiner Wohnung aus war es nur ein Katzensprung bis nach Spitalfields. Mit der U-Bahn zwei Stationen und zu Fuß über die Fleet Street zwanzig Minuten. Das war für mich weniger gefährlich, so dachte ich jedenfalls.

Am Haus angekommen nahm der Stallbursche mein Gefährt entgegen und ich betrat das Anwesen.

Richard, mein Butler, der schon seit ewigen Zeiten in Diensten der Familie stand, nahm mich in Empfang.

„Guten Abend, Sir. Wie war ihr Tag?"

„Wie immer, Richard. Viel Arbeit aber dafür um so weniger Geld."

„Legen sie mir bitte gleich einen der Ausgehröcke

bereit; ich werde nachher noch zu einem späten Abendessen gehen. Zu Fuß. Es ist in der Gegend. Und bringen sie mir einen Scotch."

Der Butler verzog keine Miene und erledigte meine Aufträge.

Seit dem Tod meiner Eltern war es im Haus merklich ruhiger geworden.

Seit Mum nicht mehr ihre fröhlichen Lieder durch die Flure und Zimmer des Hauses schmetterte und Dad nicht mehr sein geliebtes Klavierspiel zum Besten gab, kam ich mir immer einsamer vor.

Diese dreckigen Huren. Aber ich habe es ihnen ja schon gegeben. Und es soll noch besser werden.

Viel zu jung bin ich um die Firma zu führen die mir Dad hinterlassen hat.

Aber ich werde sie in seinem Sinne weiterführen. Das bin ich den beiden schuldig.

Da war sie wieder, diese unbändige Wut, dieser Hass.

Wie aus dem Nichts stieg sie hoch und bemächtigte sich meiner Sinne. Ich konnte nichts dagegen tun. Ich wollte es auch nicht und ich durfte es auch nicht. Sollten die Dinge ihren Lauf nehmen.

Der Scotch den mir Richard gebracht hatte schmeckte mir nicht.

Ich zog mich um und blieb noch eine Weile im Salon sitzen und rauchte eine Pfeife. Gegen 23.00 Uhr machte ich mich auf den Weg.

„Es kann spät werden, Richard. Warten sie nicht auf mich. Sie können dann zu Bett gehen. Gute Nacht."

„Sehr wohl, Sir. Wünsche ihnen noch einen schönen Abend. Auch ihnen eine gute Nacht."

Es hatte aufgehört zu regnen.

Nach knapp 25 Minuten Fußweg hatte ich den Tower erreicht.

Jetzt war es nicht mehr weit bis zur Dorsett Street.

Ich ging nicht über die großen Straßen sondern nahm wieder einige Abkürzungen durch die zahllosen kleinen Gassen und den ebenso zahllosen Hinterhöfen.

So wie ich jetzt gekleidet war erregte ich auch kein großes Aufsehen wenn mir mal jemand begegnete. Viele gutsituierte Herren trieben sich zu allen möglichen Zeiten im East End herum auf der Suche nach dem schnellen Glück in Form einer Hure. Das sollte mich nicht ins Verderben stürzen. Gar hatte man einmal bei der Presse vermutet, dass der Ripper ja auch durch die Abwasserkanäle urplötzlich in Whitechapel auftauchen könne und ebenso urplötzlich nach seinem grausigen Tun wieder verschwinden könne. Und natürlich hatte ich mich einmal damit beschäftigt. Doch das wäre der reinste Selbstmord gewesen.

Man brauchte einen speziellen Schlüssel für Rost und Platte; aber selbst mit so einem Schlüssel wäre es noch gefährlicher und dazu noch recht auffallend gewesen. Da war es schon relativ ungefährlich einfach durch die Straßen zu schlendern.

Mit diesen Gedanken ging ich ruhig und ohne Hast meines Weges.

In der Dorsett Street angekommen ging ich erst mal ins Britannia. Die Spelunke war nicht anders als die anderen: Ein Sammelbecken für die Verlorenen und eine wahre Schatzkammer für mich. Doch nicht in dieser Nacht. Heute würde es einmal anders laufen.

Heute würde der Ripper euch zeigen, dass man nicht nur auf der Straße gefährlich lebt.

Guten Abend Sir. Kommen sie in meine bescheidene Hütte. Ich habe sie bereits erwartet. Sind sie über die Straßen gegangen oder haben sie die Kutsche genommen? Sie sagten sie hätten noch einige Anliegen. Ich hoffe ich kann ihnen helfen. Treten sie doch ein."

„Einen schönen guten Abend Mary Jane. Vielen Dank das sie Zeit für mich haben. Es wird schnell gehen. Ich habe nur ein paar Fragen an sie."

Ich betrat die schäbige Behausung der Kelly. Höchstens vier mal vier Meter maß dieses Loch. Links vom einzigen Fenster befand sich ein Kamin mit Feuerstelle, in der eine kleine Flamme loderte.

Ein Bett, ein Stuhl, ein offener Schrank und ein billiger Öldruck an der Wand machten das Zimmer auch nicht einladender.

Sie stand da und grinste mich zunächst blöde an.

„Vielleicht möchte der Herr auch noch etwas anderes. Ich habe die halbe Nacht noch Zeit."

Sie hatte sich zwischenzeitlich auf den Stuhl gesetzt und zog mit den Fingern an ihren langen dunklen lockigen Haaren. Es sollte verführerisch wirken.

Mich hingegen widerte dieses billige Gehabe nur an und schürte noch mehr meinen Hass und die Wut. Ich ging langsam hinter sie und tat so als wolle ich auf ihr

Angebot eingehen in dem ich ihr meine Hand auf ihre Schulter legte.

Längst lag mein schöner scharfer Dolch schon in meiner Hand.

Blitzschnell legte ich meine andere Hand auf ihren Mund und drückte fest zu. Sie rang nach luft und wollte schreien doch da stieß ich ihr mit voller Wucht meinen Dolch in ihre Schläfe, so kraftvoll das er bis zum Heft in ihren Schädel eindrang, begleitet von einem lauten knirschen.

Sie zappelte wie ein Fisch an der Angel, gab noch ein paar unterdrückte Laute von sich: Dann war es vorbei mit ihr. Auch diese erbärmliche Existenz hatte ihr Ende gefunden.

Sie rutschte vom Stuhl und sank zu Boden, den Dolch noch in ihrem Kopf steckend.

Ich kniete mich neben die Leiche und zog das Messer heraus; nur wenig Blut und etwas Hirngewebe sickerten aus der Wunde. Sofort schnitt ich ihr mit einem tiefen Schnitt die Kehle durch.

Nun setzte ich mich auf den Stuhl, die Leiche zu meinen Füßen und starrte sie an.

Mit weit aufgerissenen Augen lag Mary Jane Kelly vor mir und ihr stumpf gewordenen Augen versuchtem meinen Blick zu erwidern.

Du wirst das Paradebeispiel dafür werden, wenn eine kleine Unachtsamkeit das Leben eines ehrbaren und tüchtigen Mannes zerstört.

Ich erhob mich aus dem Stuhl , zerrte die Leiche an den Haaren zum Bett und warf sie darauf.

Sie roch übel. Hatte wohl eingenäßt und eingekotet.

Mit dem Dolch stach ich ihr mehrere Male ins Gesicht und zerschnitt es wie ein Stück Käse.

Nun zerriss und schnitt ich ihre Kleidung und warf sie in den Ofen, damit ich besser sehen konnte.

Sie lag nun nackt auf dem Bett und ich mußte lachen, so grotesk sah sie mit ihrem zerschnittenen Gesicht aus.

Ihre prallen Brüste waren in sekundenschnelle abgeschnitten und ich platzierte sie auf den Tisch.

Jetzt stach ich mit voller Wucht in ihre Brust und zog den Dolch mit aller Kraft nach unten. Er durchtrennte ihren Brustkorb und übrigen Leib bis zur Scham.

Dann stach und schnitt ich in den geöffneten Leib hinein und schnitt verschiedene Gebilde heraus, die ich teils auf der Toten liegen ließ oder auf den Tisch legte.

Wie ich später aus der Zeitung erfuhr, hatte ich ihr wohl zufälliger weise die Leber, Nieren und die Gebärmutter entfernt.

Sie sollte wohl auch schwanger gewesen sein, doch dergleichen fand ich nichts.

Das Feuer im Ofen loderte nun recht hell durch die verbrennende Kleidung so das ich das Zimmer noch etwas dekorieren wollte. Ich schnitt kleine Fleischstücke zurecht und hängte sie an Nägeln die aus der Wand heraus lugten.

Ich horchte kurz auf verdächtige Geräusche von draußen doch nichts schien sich zu rühren. Selbst die Dame die über ihr wohnte hatte nichts gehört.

Als ich mich selbst von oben bis unten betrachtete

erschrak ich über mich selbst. Ich sah aus wie einer dieser Schlachter aus Barbers Pferdeschlachterei.

Meine in einer kleinen Tasche mitgebrachten Kleidungsstücke hatte ich schnell angezogen und warf die blutverschmierten Teile mit in den Kamin.

Aus einer Karaffe mit Wasser reinigte ich etwas meine Hände und das Gesicht.

Ich blickte nochmals auf das Bett mit der Leiche der Kelly. Auf den ersten Blick würde ein Außenstehender kein menschliches Wesen mehr erkennen können.

Mich erfüllte es mit großer Zufriedenheit und ich war unendlich erleichtert.

Ich nahm meine Tasche und verließ das Zimmer. Kein Mensch war unterwegs als ich durch den Millers Court die Dorsett Street erreichte. Es war jetzt gegen fünf Uhr und immer noch herrschte hier reger Betrieb.

So mischte ich mich unter diese Namenlosen und Vergessenen und verließ das East End auf dem selben Weg wie ich gekommen war.

„Grandpa. Dad!"

Die Stimmen von Judith und Elaine rissen mich aus dem Schlaf und ich öffnete meine Augen.

„Mein Gott, Dad. Was ist denn los mit dir?. Du hast schon die ganze Zeit unruhig dagelegen, gezittert und unverständliches Zeug geredet."

Judith sah mich mit ernster und besorgter Miene an.

Elainc trat zu mir an den Schaukelstuhl in dem ich lag und nahm meine Hand.

„Grandpa. Es ist so ein schöner und warmer Sommertag. Bist du krank weil du so gezittert hast?"
Ich richtete mich auf und sah die beiden an.
„Es ist alles in Ordnung Kinder. Ich habe bloß geträumt. Aber es war ein sehr intensiver Traum und so furchtbar real. Ich habe geträumt..Ich war... Jack the Ripper."
„So was!".
Elaine sah mich voller Neugierde an.
Jack the Ripper..dieser böse Mensch?"
„Das war ein ganz böser Mensch."
Judith nahm die Kleine und umarmte sie liebevoll.
„Kein Wunder das du so etwas träumst, Dad. Schließlich beschäftigst du dich noch heute mit dieser Sache als einer der damals ermittelnden Inspektoren von Scotland Yard.
Und jetzt bist du schon lange pensioniert. Also ich würde auch davon träumen".
Ich sah beide lächelnd an und wir gingen Hand in Hand zu der sonnendurchfluteten großen Terrasse unseres Hauses um etwas zu trinken.

XXX

Auf den nachfolgenden Seiten stelle ich noch einige
Informationen über Jack the Ripper zur Verfügung

Jack the Ripper

Jack the Ripper - Jack der Aufschlitzer

Diesen Namen gab sich im Jahre 1888 wohl ein Mann
der in die Annalen der Kriminalhistorie eingehen sollte
und bis zum heutigen Tag als Prototyp und vermeint-
licher *Vater der Serienmörder* gilt.
Jack the Ripper: Zur damaligen Zeit ein Mörder unter
vielen, speziell im Londoner Osten und hier im Stadt-
teil Whitechapel.
Die Morde die er begehen sollten waren zwar grausam
und brutal; doch lange vor dem ersten Auftritt des
Rippers wurden in den Armenvierteln des East-End
Menschen bestialisch ermordet und wurden es auch
noch nach der „Ära" von Jack the Ripper.
Allein von der Ausführung seiner Taten, objektiv und
faktisch betrachtet, hätte der Ripper wohl nie die Aufmerksamkeit bekommen, die ihm letztendlich zu Teil
wurde.
Einzig und allein der Umstand, dass er mehrere Briefe
an die Polizei und lokale Zeitungen verschickte,
unterzeichnet mit seinem Namenszug Jack the Ripper
besiegelte seine „Popularität".
Ohne dieses markante Handeln wäre der Ripper wie
viele vor und nach ihm, im Meer der namenlosen
Mörder, Totschläger und Vergewaltiger untergegangen.

So aber, mit Kalkül oder nicht, wurde er zu einem der bekanntesten Serienkiller der Welt.

Nachfolgend finden Sie einige Informationen zu dem Menschen, mit dessen Taten sich heute noch Heerscharen von Autoren oder sogenannten *Ripperologen* befassen um wenigstens recht nahe an die Identität des Rippers zu gelangen.

London - 118 Jahre nach den grausamen Morden an fünf Prostituierten im Londoner East End erarbeitete ein Team aus Polizisten, Pathologen und Historikern mit Hilfe modernster Polizeitechniken das Profil, das britische Zeitungen nun veröffentlichten. Dabei werteten die Spezialisten unter anderem 13 Zeugenaussagen aus der damaligen Zeit aus. Sie kamen zu dem Ergebnis, dass Jack the Ripper zwischen 1,65 und 1,70 Meter groß, stämmig und zwischen 25 und 35 Jahre alt gewesen ist. Der berüchtigte Verbrecher sei "bei völlig gesundem Verstand, beängstigend normal und doch der äußersten Grausamkeit fähig" gewesen, fasste Teamleiterin Laura Richards zusammen.

"Wir können die Straße nennen, in der er wahrscheinlich wohnte, wir können sagen, wie er aussah, und wir können endlich erklären, warum er der Justiz entkam", fügte Richards hinzu. Die Polizei habe den Täter nach den Morden im Jahr 1888 nicht fassen können, weil sie mangels der damals nicht zur Verfügung stehenden Mittel vermutlich nach einem völlig anderen Mann fahndete. Hätten die Fahnder die neuesten Informationen gehabt, hätte es zur Festnahme des Schuldigen genügt, "dass die Polizeibeamten ausgeschwärmt wären und begonnen hätten, an Türen zu klopfen", sagte der an der Rekonstruktion der Serienmorde beteiligte frühere Londoner Polizeibeamte John Grieve. "Sie hätten ihn geschnappt." (tso/AFP)

https://www.tagesspiegel.de/gesellschaft/panorama/modernes-profil-von-jack-the-ripper-1409902.html Aufruf 04/2023

Soweit ein aktueller Profiling-Bericht über den Ripper. Es sei dahingestellt, ob man ihn auch heute, selbst mit modernster forensischer Assistenz und kriminalistischer Detail-Arbeit, ermittelt hätte.

Beispiele bis heute ungelöster Serienmorde gibt es mehr als genug.

Die *Red-Head* Morde an Prostituierten entlang mehrerer Autobahnen in den Vereinigten Staaten.

Der *Colonial-Parkway*-Killer mit Morden an Pärchen.

Der berüchtigte *Zodiac-Killer* der in den 1960iger Jahren fünf Menschen erschoß und wie der Ripper durch Briefe und Telefonanrufe um Aufmerksamkeit buhlte. Dazu verfaßte der Zodiac noch mehrere kryptische Schrifte, die aber zum Teil decodiert wurden.

Der Alphabet-Mörder von Rochester bei New York. Er suchte seine Mordstätten und Opfer Nach den Anfangsbuchstaben ihres gesamten Namens aus.

Der Long-Island-Killer, New York. Prostituierte waren oder sind seine Opfer.

Ältere Aufnahme der Bucks Row, der heutigen Durward Street. Hier wurde das wohl erste Opfer des Rippers gefunden,

Ältere Ansicht der Hanbury Street in Whitechapel. Hier in einem Hinterhof wurde Any Chapman brutalst getötet und vom Ripper ausgeweidet.

Wiederum eine rd. zwanzig Jahre später gemachte Aufnahme der Berner Street. In einem ebenfalls dort befindlichen Hinterhof traf Elizabeth Stride auf ihren grausamen Mörder.

Millers Court 13, Dorset Stree. In diesem Hinterhof-Zimmer wurde Mary Kelly ermordet. Hier machte der Ripper seinem Namen alle „Ehre"

Der Mitre Square der City of London. Oberes Bild wie er heute aussieht. Das untere Bild zeigt den Ort zur Zeit von Jack the Ripper. Hier sah Catherine Eddowes ihren Mörder.

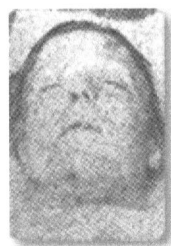

Das erste Opfer von Jack the Ripper: Polly Nichols
Ermordet am Freitag, den 31. August 1888 in der Buck's Row.

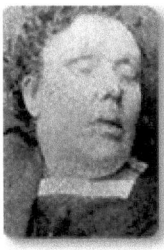

Any Chapman. Das zweite Opfer. Bekannt auch unter den Namen Dark Annie, Annie Siffey, Sivvey oder Sievey
Ermordet am Samstag, den 8. September 1888 in der Hanbury Street. Sie wurde förmlich zerfetzt.

Elizabeth Stride. Bekannt auch unter den Namen Long Liz , Hippy Lip Annie
Ermordet am Sonntag, den 30. September 1888 im Dutfield's Yard, Berner Street.

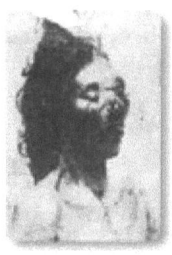

Catherine Eddowes.Bekannt auch unter dem Namen Kate Kelly
Ermordet ebenfalls am Sonntag, den 30. September 1888 im Mitre Square.
Nachdem er bei Elizabeth Stride weniger Glück hatte, konnte der Ripper bei
Catherine Eddowes wieder seine Verstümmelungen vornehmen

Mary Jane Kelly.Bekannt auch unter den Namen Marie Jeanette Kelly, Mary Ann
Kelly, Ginger
Ermordet am Freitag, den 9. November 1888 im Miller's Court 13, 26 Dorset
Street.
Hier machte Jack the Ripper seinem Namen alle Ehren. Was von Mary Kelly übrig
blieb war faktisch nur noch Blut und Fleisch.

Zwei von bis heute zahlreichen Verdächtigen im Fall Jack the Ripper

Montague John Druitt. Druitt wurde als einer der drei Hauptverdächtigen in dem am 23. Februar 1894 von Sir Melville Macnaghten verfassten Memorandum genannt.
Macnaghten schreibt über den Verdächtigen in seinem Bericht folgendes: *"Ein Doktor, der aus einer angesehenen Familie stammt. Er verschwand zur Zeit des Mordes im Miller's Court (Anm. der Redaktion: Er beruft sich hier auf den Ripper-Mord an Mary Kelly am 9. November). Seine Leiche wurde am 31. Dezember aus der Themse gezogen, etwa 7 Wochen nach dem Mord. Er war sexuell gestört und aufgrund einer geheimen Information, zweifle ich zwar wenig daran, aber seine eigene Familie glaubt, dass er der Mörder war".*
Der Jurist warf sich in suizidaler Absicht in die Themse.

Aaron Kosminski.cKosminski wurde als einer der drei Hauptverdächtigen in dem am 23. Februar 1894 von Sir Melville Macnaghten verfassten Memorandum genannt.
Macnaghten schreibt über den Verdächtigen in seinem Bericht Folgendes: *"Kosminiski war ein polnischer Jude und Einwohner in Whitechapel. Dieser Mann verfiel dem Wahnsinn, da er sich über viele Jahre hinweg dem Laster der Selbstbefriedigung hingegeben hatte. Er hatte einen großen Hass auf Frauen, besonders auf Prostituierte und hatte starke mörderische Neigungen. Er wurde etwa im März 1889 in eine psychiatrische Anstalt eingewiesen. Es gab viele Sachverhalte in Verbindung mit diesem Mann, die ihn zu einem überzeugenden Verdächtigen machten".*

Straßenkarte von Whitechapel mit den Tatorten

Der Dear-Boss Brief

25 Sept. 1888.

Dear Boss,

I keep on hearing the police have caught me but they wont fix me just yet. I have laughed when they look so clever and talk about being on the right track. That joke about Leather Apron gave me real fits. I am down on whores and I shant quit ripping them till I do get buckled. Grand work the last job was. I gave the lady no time to squeal. How can they catch me now. I love my work and want to start again. You will soon hear of me with my funny little games. I saved some of the proper red stuff in a ginger beer bottle over the last job to write with but it went thick like glue and I cant use it Red ink is fit enough I hope ha. ha. The next job I do I shall clip the ladys ears off and send to the

police officers just for jolly wouldnt you. Keep this letter back till I do a bit more work then give it out straight. My knifes so nice and sharp I want to get to work right away if I get a chance. Good luck.

yours truly
Jack the Ripper

Dont mind me giving the trade name

wasnt good enough to post this before I got all the red ink off my hands curse it No luck yet. They say I'm a doctor now ha ha

NOTIZEN

NOTIZEN

http://www.jacktheripper.de/briefe/dear_boss/   Aufruf 22.6.17

**Jack the Ripper-Pathologischer Bericht Catherine Eddowes
http://www.mediencolleg-rostock.de/schueler/geschichte/christian_kleist/
eddowes_bericht.
Aufruf 13. Juli 2016,**

Tom Cullen -**JACK THE RIPPER- Der Mörder von London
Ullstein Verlag 1988**